爱的川流不息

张 炜 著

山东教育出版社

*作者简介

张炜，当代作家，中国作家协会副主席。山东省栖霞市人。1975年开始发表作品。

2020年出版《张炜文集》50卷。作品译为英、日、法、韩、德、塞尔维亚、西、瑞典、俄、阿拉伯、土耳其、罗马尼亚、意、越、波兰等多种文字。

著有长篇小说《古船》《九月寓言》《刺猬歌》《外省书》《你在高原》《独药师》《艾约堡秘史》等21部；诗学专著《也说李白与杜甫》《陶渊明的遗产》《楚辞笔记》《读〈诗经〉》等多部。作品获优秀长篇小说奖、"百年百种优秀中国文学图书"、"世界华语小说百年百强"、茅盾文学奖、中国出版政府奖、中华优秀出版物奖、中国作家出版集团特别奖、南方传媒杰出作家奖、京东文学奖等。

近作《寻找鱼王》《独药师》《艾约堡秘史》等书获多种奖项。

新作《我的原野盛宴》反响热烈。

图书在版编目（CIP）数据

爱的川流不息 / 张炜著 . —济南：山东教育出版社，
2021.4

ISBN 978-7-5701-1449-8

Ⅰ.①爱… Ⅱ.①张… Ⅲ.①中篇小说—中国—当代
Ⅳ.① I247.5

中国版本图书馆 CIP 数据核字（2020）第 207307 号

AI DE CHUANLIUBUXI

爱的川流不息　　˚张 炜 著

主管单位：山东出版传媒股份有限公司
出版人：刘东杰
出版发行：山东教育出版社
地址：济南市市中区二环南路 2066 号 4 区 1 号
邮编：250003
电话：（0531）82092660
网址：www.sjs.com.cn
印刷：山东临沂新华印刷物流集团有限责任公司
开本：880 mm×1240 mm　1/32
印张：7
字数：120 千
版次：2021 年 4 月第 1 版
印次：2021 年 4 月第 1 次印刷
印数：1—20000
定价：39.80 元

（如印装质量有问题，请与印刷厂联系调换，电话：0539-2925659）

目 录

融融来了

融融在南方机场停留一夜，将于第二天上午搭乘班机来到济南，降落时间为中午十一点十分。接机的是孩子的朋友，我和家人因故没去机场。

从这一天开始，我们家里将增添一位新成员。

就因为没有去机场接它，心里有些歉疚。随着时间的临近，想着它进门的一刻，有些不安。好像完全没有做好接纳的准备，整个事情有点突然。一边在犹豫矛盾，另一边却在按计划推进。就这样，现在它马上就要来了，我们竟然慌促起来，准确点说是有点激动或冲动。其实这之前我们并没有什么事情，去机场接它是应该的。但直到最后还是耽搁下来，好像一时不知道怎么办才好。

欢迎还是拒绝融融，现在已经不再是一个问题。它很快就要进家了。

我们在窗前站了一会儿，走动，等待，然后静静地坐着。十二点，我们再次走动，不时伏到窗前。

他们终于来了。我看到一辆车子停在楼下，车门打开，有人小心地搬下一个手提箱一样的东西，很精致，带窗户。我知道，那是小动物们专用的旅行居所。远远的，我看到窗户上闪动着一张小脸。看不清眼睛。我们往电梯间跑去。

电梯门开启的一刻，我们的目光飞快捕捉那扇小窗：窗前有一双大大的蓝眼睛，它正与我们对视。啊，这就是彼此的"第一眼"。心跳有些异样。这眼睛太美且似曾相识。

为了防止新来的小家伙因为生疏而乱蹿，我们已经提前收拾好了一个封闭的后凉台，在那里安放了猫砂盆、饮水器和一个柔软的小窝。融融很快被安置在里面，它隔着玻璃拉门看我们，看全新的环境。

我一直在努力忍住心中的惊讶：它经历了长途跋涉，竟毫无倦意，浑身都透出充沛的活力，非常精神。它除了双耳、眼窝和后背呈淡淡棕色，基本上是纯白的。个子出乎意料地大，完全是一只成年猫的体量。它差六天才到四个月，体重却达六斤。

它站在落地玻璃门后面，目光里是温和的询问，没有一丝惊慌。它安静地看着屋里的一切，主要是看新主人。我们这才觉得原来的提防实在是多余了，不好意思地拉开那道门。它低一下头，款款而出。最初的仪态令人难忘：

面容温情而庄重，迈着狮子般的步伐。是的，它的行姿让人直接想到了一头小狮子，举步从容，而且一对前掌每次离地时，就像狮子那样微微侧翻一下再提起。

它就这样径直走来，淑静，安然，礼数周全：先到女主人身边，将身子贴一下她的腿，仰脸看看；然后才走向我，一丝不差地重复了刚才的动作。不同的是我没有让它马上离开，而是因为惊喜和爱怜，抑制不住地伸出手，一下抱紧了这个热乎乎软绵绵的躯体。它一动不动，等待我的冲动过去。

我很快感到了自己的鲁莽，松开了，说："融融！"我一边呼唤，右手不自觉地伸向它，就像去握一位客人的手。接下来发生的事情让人久久难忘：它抬头一看，马上把右前爪搭到了我的手上。一只收拢的、洁白的手掌。我握住这只多肉的小手连连动着："你好！你好！"

深 爱

　　就在一个月前发生了一些争执，当然关于融融。因为远方的孩子完全出于好意，要送给我们一件出乎意料的"厚礼"。这实在是有点莽撞了，在没有征得我们同意的情况下，就提前定下了融融的事情，而且要故意给人一个惊喜：再有三十多天它就会出现在家里。

　　我们给吓了一跳。这是一件多么大的事情啊，这件事究竟有多么大，作为下一代人，孩子，肯定一点都不知道。马上在电话上拒绝：不行。我的口气坚决到不容置疑，可是已经有点来不及了。因为从程序上看，那边早就启动了，已经办好了一切相关手续，很难更易了。最大的麻烦是孩子难以理解：收养一只宠物真的有那么难？在年轻人眼里这根本就不应该成为问题，看看多少人拥有它们，再看看它们多么可爱。"你们看看就知道了，难道就一点都不动心？真的没有照顾它的能力？"

　　"不是，而是，"我停顿了一下，"这种事从头说起来很麻烦的。"

"它是很省心的，绝没有你们想象的那么麻烦！"

我想告诉电话那一端：这不是麻烦与否的问题，而且完全不存在这样的问题。"存在什么问题？""存在"，我又一次停住了。我想如实告诉：存在的最大问题是，我、我们，已经发过誓，决不再养一只动物了。

但我没有这样讲。凡誓言都冷冷的，落地有声，不可违背。背弃誓言，这是多么大的事情，那肯定要产生严重后果。既已立誓，必有原因，这些都不是现在的年轻人所能理解的。这会牵出很长的话题，都是一些不愿重复也不愿提起的话头。我只有长长地沉默，然后生硬地强调说："不能了，不能再让它们到我们家里来了，就这样定了。"

电话突兀地终止了。可是这件事情想要扭转已经很难了，因为一月后要来我们家里的这只猫，孩子已经深深地喜欢上了，差不多是看着它长大的，并且在它一个月大的时候就取好了名字。在对方看来，要改变几乎是不可能的，要舍弃简直有点不可思议。我之所以没有说出"誓言"，是有些担心。这很容易被当成上一代人特有的矫情：这种事也要发誓？为一只宠物？

因为要谈的太多，反而一时讲不明白。

结果就这样僵持下去。让我们想不到的是，孩子认为这是一种莫名其妙的、固执而牵强的推辞。一个月的时间很快就要过去，最后变成了不可挽回的事实。这件事情的深层原因，除了沟通的困难，或许还有另一个：我们内心深处也在挑战那个誓言，哪怕是尝试一下某种可能性也好；说不定我们也在盼望融融的到来。

　　我想说的是，正因为深爱，才要拒绝。有些可怕的经历不属于下一代人，那种独有的恐惧也就不属于他们。谁愿轻言恐惧？所以总是欲言又止。我不敢让它到家里来，不敢让它加入我们的生活。我犹豫着，想说：我们在这个地方的日子还不牢固，还不稳定，还有些不能确定的因素，总之还需要观察和等待一段时间。可是这些话我同样说不出口。下一代人会睁大受惊的双眼："不牢固？不稳定？这到底是怎么回事？你们要搬家去外地还是怎么？"要回答这样的问题就要从头说起，那也许要耗上一吨的言辞。

　　我能说出这几十年来，我们与它们一起经历了多少故事？不敢回忆，不愿回忆。我只能简明扼要地说：以后吧，当我们具备了起码的条件，能够确保它的安全，一切都太太平平的时候，一定会欣然而幸福地欢迎它们的到来。我们会说来吧，加入我们的生活吧，完全没有问题，这里全都准备好了。可是现在还不行，时机还不成熟。

事实上真的没有十足的把握。失去这个最基本的前提，我们也就不能拥有，更不能动心。这必须成为一个原则，必须横下一条心，坚定不移。

这样的誓言其实是几十年前立下的，而且不是自说自话，不是悄悄地隐在心底，而是在特别的时刻由特别的人做过见证的。我说过，凡是誓言必得遵行，不然就会遭到报应。那种后果是任何人都承受不起的。可怕的是这几十年里，违背誓言的事情发生过不止一次，于是就有了疼痛彻骨的一些经历。在事后，在静夜，我会一遍又一遍地深究：为什么会遗忘？为什么会发生这样糟糕的事情？最终发现，每一次背弃誓言，都是因为心理上的全线溃败：面对它们的眼睛，面对一个簇新活泼的生命，其他一切都不管不顾了。无法遏止的巨大喜悦伴着浓烈的爱意，潮水一般涌来，最终淹没过顶。这让人完全无法抵御。就这样，那会儿不仅忘掉了誓言，而且将其扔到了一边。总有侥幸心理，总想重新尝试。

这似乎是可悲的。最后，悲剧总是缘此发生，几乎没有什么例外。我将一再发现并证明：自己的生活是如此脆弱，个人的能力是如此微小。是的，我总是要愧对它们；

我甚至没有能力让它们平平安安地过完自己短促的一生，而这又是最起码的一个条件。回头看，那种让人一时失去理性的原因，说到底不是一般的喜欢，而是爱，深深的爱。结果无论怎样担心和害怕，怎样提心吊胆，最后还是被这深爱所征服：紧紧地拥住它，一刻都不想疏离。就这样，它们再次加入了我们的生活，成为这个家庭中的一员。

这次，我们拥住的是融融。

事已至此，已经没有什么好说的了，我们所要做的只是努力忘记所有的往事，让一切重新开始。我们要有这样的认知：时过境迁，现在是和融融在一起，一起享受崭新的生活。这是怎样宝贵的光阴，我们除了倍加珍惜，别无选择。它的一双大眼睛正在左右打量，平静中透着温柔，还有适可而止的亲昵感。只看着它的眼睛，一切便悉数得到满足，仿佛人生再无他求。

是的，在一个绝美的生灵面前，什么话都是多余的。

大骨骼

　　融融竟然很快适应了新的环境，似乎从来到的那一刻就把这里当成了理所当然的家。在记忆中，这样的事以前还没有发生过，所以让我们十分惊讶。一般来说，一个新生命来到异地他乡，在陌生人面前总会不安和拘谨，因为对它来说一切都需要熟悉。可是我们觉得融融极为例外的是，它的目光里充满了安定与亲近，好像早就为此做好了所有准备，早就被告知了关于这个新家的所有细节。

　　它像一个好学生那样，提前做足了功课。

　　要知道它还是不足四个月的小家伙，但只看身量，会误以为这是一只成年猫，步态也沉着稳重到不可思议；只是细看它的神情，才会发现那种令人疼惜的娇嫩与纯稚。这种沉稳的仪态与姿容大概是天生的。一种深深的惊异感，从它来到的那一刻，从它伸出小手的那一瞬，就留在了我的心底。

　　剩下的事情，就是长时间地、一遍遍与远处的孩子通话，以解开心中的疑惑，并获取有关知识、注意事项等，尽管这之前就交代了许多。我被告知：融融是一只杰出的猫，即便在它的兄弟姐妹之间也是极特殊的，这些从很小的时候就表现出来了，"比如说，它是大骨骼的人"。这句话让我一时迷茫，后来才明白这只是一种语言惯性，顺口将其称之为"人"。这里说的是，融融一生下来就是个大块头，发育超好，估计以后会长成大个子。

围绕它还有很多趣事，都是来这里之前发生的。

比如说，一只小猫从离开母亲到另一个家庭生活，一般需要四个月的时间。这段时间是不能省略的。因为它和人一样，要有一段求学期，前两个月等于从幼儿园到小学和初中；后两个月才算上完了高中和大学；最后，研究生的学历要在新的家庭修完。前边的学习时段如果缺失，来到新家之后就会手忙脚乱，十分无知，生出无数的麻烦。

融融的可贵之处，不仅因为它是一位"大骨骼的人"，而且与形体一起超前发育的还有心智。这真是了不起。它在几个兄妹中最早学会了一连串必备的本领：怎样运用卷舌取到固体和流体食物，合理分配睡眠时间，怎样上厕所，如何打理自身与环境卫生。特别难学的是几种游戏，如爬高、滚球、捉迷藏。独处也是一种了不起的能力，这同样需要从很小的时候养成：怎样在无眠的时刻静静地思考。作为一只猫，这是必须养成的习惯和本领，因为在未来的漫长日子里，有许多时光需要这样打发，有无数问题需要这样解决。

一只猫在一天里要用多少时间进行思考，许多人不会在意。他们常常将这种行为与打瞌睡混在一起，顶多能分出深睡眠和浅睡眠。其实它们待在一个地方，看上去是在打盹，实际上是在思索。与人不同，与一般的动物也不同，猫的思想需求很大，它所要思虑的事情很多也很辽远。但是它们思索的内容，人们无法得知。有人会问：想这么多，即便是深刻的道理，又有什么用处？

这种朴素的设问一定会发生的。就我长期观察所形成的看法是：猫和人在对待思想及其成果的时候，似乎是完全相同的。人的很多思考也大多是留给了自己，其中只会有一小部分拿出来与他人分享；猫也是一样，它与其他猫议论自己的所思所想，表达的方式我们不会明白；它在生活中遇到的大量事物，都必须经过自己的大脑加以过滤。这个世界无论对猫还是人，都太大太陌生了，变化太快，于是每天都要面对全新的东西。

融融的了不起之处，是它从幼儿园到大学这个学习阶段，除了修完基本的课程之外，还提前涉猎了研究生的部分内容，比如怎样与人相处、一些礼节等，都是极难的部分。猫与人没有共同语言，但交流是必需的，这就要掌握一些肢体动作、一些特别的发声技巧。最让人难以置信的是，它竟然在离开母亲之前学会了与人握手。

就因为它的优异，属于超前毕业的优等生，所以就提早许多天来到了我们家里。

小獾胡

融融来到新家的第一个星期，也许要面临一生中最困难最艰巨的任务。在我们的认知中，猫对于周边环境的敏感性远远超出了其他生灵。它除了要将自己的居所、用餐处、卫生间等一一熟悉并习惯，还要把足迹所及的每一角落、每一物体都搞个清楚。这个新的世界对它来说不仅有形象，而且有气味；随着时间的推移，这一切又将在许多个层面被它所把握、所拥有。"哦，这是我的家，我的亲人，我的房子，我的水，我的声音，我的蹭背墙，我的磨爪处，我的玩偶，我的'古怪'。"它把暂时还不能理解和认知的事物，称作"古怪"。

在最初的日子里，融融也许会按捺自己的稍稍不安。可是这其中的绝大部分我们无法帮到它，需要它自己从头解决。但最终与我们的想象大为不同，它竟然从头到尾没有表现出一丝的慌乱和匆忙，而是像一个来过多次的老朋友那样，有条不紊，安然沉着。当然，它要了解新家，但无论是抚摸还是嗅闻、注视，神色总是一派从容。最让人感动的是，只要主人走过来，它一定会放下手头的事情，用多种肢体动作，用不可言喻的目光神色，来进行"对话"。

那一刻它是这样的：先欣欣仰脸，然后不徐不疾地走到跟前，在近处注视；如果我们伸出手，它就会用额头轻蹭一下，接着将身体挨过来。它很少说话，语言诉诸形体动作，更多地使用目光。我想说：从来没有看到比融融的眼睛更富有表达力的了，这是真正的心灵之窗，有时含蓄、深邃，有时又庄重、冷静。它这会儿克制了与生俱来的顽皮，在一种稍稍的矜持中伫立着。只是那个红得有点过分的小嘴透出了无法遮掩的稚嫩，使人忍不住要逗弄一下。

我们一直想不明白的是，它究竟用什么办法化解或掩盖了初来生僻之地的局促不安？还有，就是它令人费解的沉稳举止，到底是源于一个物种的本性，还是经过了一定程度的克制或修饰？这在一个小动物来说是不可思议的。这让我难免一厢情愿地猜度起来，想象它有一种特殊的胸襟、曲折的心智，以至于能够容纳和洞悉、体谅和接受这个新家、新家的一切。

我在想另一只猫，那是我拥有的第一个动物朋友。啊，转眼已过五十多年，那些日子多么遥远，可是又近得如同眼前。它的面容与声音似乎就在昨天。它有一个古怪的名字：小獾胡。这是外祖母给它取的。它的到来真是一个传奇，那是我永远不会忘记的。

那是极为平常的一天，我和好朋友壮壮在海边林子里玩，天快黑的时候才准备回家。正走着，天空突然传来一阵阵急促的歌声，声音有些异样：一只云雀就在头顶呼喊。是的，它不是歌唱，而是尖叫，是不顾一切地大吼。

我们对云雀的歌声太熟悉了，而且知道一个原理：无论它飞得多高，总是与地上的小窝保持一条垂直的线。也就是说，它一边唱一边盯紧了自己的家和孩子，那是几枚带斑点的蛋，或者几只毛茸茸的小鸟。我和壮壮都觉得头顶这只云雀实在有什么不对劲儿。我们低头仔仔细细地找起来，知道它的小窝一定就在附近。

找啊找啊，天色有点灰暗。不过什么也逃不过我们尖尖的眼神：就在一大蓬茅草旁，巧妙地隐藏了一个精致的小窝，它就像一只光滑的小草篮，啊，里面装了四颗带斑点的蛋。老天爷，说起来没人相信，小窝旁边正蹲着一只拳头大的小猫，它正瞅着小窝里的蛋，神情专注到顾不得躲闪。

　　我和壮壮乐坏了，彼此对视一下，大气不出，不约而同地伸出了手。小猫这才开始躲闪，不过已经有些晚了。它很容易就落到了我们手里。小家伙吓坏了，剧烈挣扎，龇牙瞪眼的样子真像一个小恶魔。说真话，那一刻我和壮壮都惊呆了，差点慌得将它放开。不过它对我们的诱惑力也实在太大了，结果一直忍住了它的抓挠，只紧紧地搂住。谁能舍得下这样一件宝物，除非是疯了。

　　我们一路上安慰它，呵着气跟它说话。我们告诉它，快些跟我们回家吧，在那里，有比小鸟蛋不知要好多少倍的好东西等你享用哩。它可不听这一套，不停地蹬和挣，那力量与小身子简直太不成比例，如果不是亲身经历，谁也想不到一只小奶猫会有这么大的劲儿。它很快把我和壮壮的胳膊抓破了，衣服也扯坏了。我们只是忍住，一路拥紧了它。

外祖母

　　很快看到独零零的那座小屋了，那就是我们林子深处的家。外祖母正在等我回家，她听到声音走出门来，一眼看到我们怀中挣扎的小家伙，发出"哎哟"一声。她比我们还要惊喜，不顾它的反抗，一下接到了怀里，像抱住一个小孩子那样上下颠动，一边"哦哦"地小声叫着。奇怪的事情发生了，这让我一直没法忘记：小猫一直在狂挣和暴怒，可是这会儿突然平静了许多，它盯住外祖母，大眼尖尖的，愣了一会儿竟然眯了起来。它大概实在太累了，挣扎了一路，这会儿要睡了。

　　外祖母一动不动地抱着，大概害怕把它弄醒。

　　它真的睡着了。这一刻我们才敢挨近些，好好地端详起来。原来这是一只深灰色的、浑身有着浓黑斑点的小猫，只有四只爪子的前端是纯白的。黑色的胡子很长，长到不成比例，大概这就是外祖母后来为它取名的依据。这一会儿，它即便睡着了，脸上也透出凶凶的样子。这模样真让人害怕。在我以前见过的所有的猫中，没有一个是这样的。可是不知为什么，它这副凶样子反而更让人喜欢了。

我们加紧为它铺窝、收拾居所。为了让它舒服，我们把一只小柳条篮铺了白茅花儿，又为它找了最好的一只蓝花瓷碟、一只绘了小鸟的陶钵吃饭喝水。还有什么要做的？我和壮壮商量着，认为它该有几件玩具，于是把自己都不太舍得玩的一只小铁鸡放在了它的窝旁：这是外祖母给我的，只要上足了弦，它就能不停地拍动翅膀。

它还在外祖母怀里睡着。它的小窝中，水和拌了蛋黄的米汤已经摆好，正等着它醒来享用。我和壮壮什么都不干，一直蹲在那儿，要看它吃饭的样子。它来我们家怎样吃第一顿饭，这可不是一件小事。

接下去，最意想不到的事情发生了：它从外祖母的怀中一睁开大眼，就猛地蹿起来，好像刚才睡了那么久全不作数，重新生分起来，再次做出了吓人的模样，龇牙，发出"哧哧"的声音，脊背上的毛齐齐地竖着。这是一副令人震惊的凶悍模样，而且并不因为它长得小而减轻了威力。我和壮壮长时间不敢接近，正琢磨怎么办，它竟然跳起了好几尺高，横冲直撞起来。我们真的害怕了。

外祖母还是微笑，像是一点都不焦急，微微弓腰走到那个新做的小窝旁，轻轻地挪了挪饭和水，然后就坐在了一旁。同时她示意我和壮壮也好好地待在一边。这样大约过了五六分钟，它脊背上的毛渐渐平伏了，眼睛眯了眯，好像看了一眼那边的小窝和食物。但它仍然一动不动地趴在屋角，身体紧抵墙壁，做好了随时起跳的准备。

外祖母故意忙自己的，只偶尔看它一眼，脸上是对最小的孩子才有的那种笑容。我发现有点奇怪的是，它不理我和壮壮，却仰脸看了外祖母几次，还抿了抿舌头。外祖母手里仍旧忙着，嘴里哼起了低低的细细的曲调，不是歌，没有词儿。这声音大概最适合小孩子听，反正我听了就很舒服。它眯上了眼睛，一直眯着，但这次我们知道，它并没有睡。外祖母对我们使个眼色，然后向饭桌走去。我这时才感到一阵饥饿，饿极了。我们开始吃饭。但我和壮壮的注意力很快又转到了它那儿。

直到我们吃完饭，又过了很长时间，它只是假睡：耳朵警觉地活动着，眼角时不时地瞄我们一下。天色越来越黑，外祖母把灯苗拨得大一点。它在微弱的灯光下伸直前爪，将下巴贴上去。外祖母笑了。

野 物

我们的小茅屋在野林子深处，四周没有一户邻居。离我们最近的是东北方十多里的园艺场，再就是往西，在更远的河西岸有一处林场。壮壮的爷爷在稍近点的一片小果园里当护园人，那园子也属于园艺场。壮壮跟爷爷住在一起，有一天跑到我们茅屋里来，就成了我的好朋友。爸爸常年在南边的大山里，那里有一个很大的水利工地，爸爸他们要凿穿一座大山，把水从山的另一边引过来。我问外祖母："爸爸什么时候才能回来？"她说："大山凿穿的那天。"

她没有说大山什么时候才能凿穿。但我一直记住了这件事。我和爸爸之间隔开的，其实是一座大山。

妈妈也不在，她平时在那个园艺场里做临时工，要两个星期才回来一次。所以我们家每两个星期就有一个节日，这比所有人家的节日都多。过节到底有多么好，这得来我们家才知道。外祖母把好吃的东西都攒起来，还变着法儿

爱的川流不息

添加新东西，然后一直等着那一天。妈妈不回来，好吃物就藏在什么地方，非常馋人。好在我总能忍住。忍的办法就是到茅屋外面，走远一点，到东边渠旁那片白茅花上打滚儿，听天上的云雀唱歌，直等到壮壮跑过来。

现在完全不同了，因为一只小猫的加入，我们茅屋里已经有了三口。这种热闹劲儿是以前从未有过的，我都不舍得离开屋子了。外祖母正式给它取名"小獾胡"，我越看越觉得这名字好。外祖母自己忙，我一个人和小獾胡玩，想和它说很多话。它不再疾走狂蹿了，我走近的时候也不跳开。如果我伸出手，它就皱起圆鼓鼓的小鼻子，嘴里发出熟悉的"哧哧"声。这声音不像以前那么吓人，不过也让我迅速缩手。我告饶说："如果昨天在林子里坏了你的好事，我现在向你道歉。我们硬把你抱回来，是太喜欢你了。几天以后你还讨厌这里，我们就把你送回原来的地方。这是说话算话的。"

最后一句外祖母听到了，她歪头看我一眼，目光透着赞赏。我在心里说："坏了，你可千万要喜欢我们这儿啊！"我于是追回一句，说："你回到林子里，如果想我们，随时回来好了。"我这样说时抬头看看小窗：上面有防止它逃窜的一片旧渔网。

我坐在一旁咕咕哝哝讲故事，把它当成了一个小孩子。我认为谁都会对林子里的故事着迷，它也不会例外。问题是它能不能听懂，这个我一点把握都没有。不过我相信它多少会听懂一点，这是可能的。它特别能听懂外祖母的话：每当她开口说话、哼歌，它就微微转脸，耳朵一动一动。外祖母的声音和所有人都不一样，那是软软的温温的，还有一点香甜味儿。半夜里她总是用这种声音把我送入梦乡。

　　外祖母心里装的故事可真多，她大概给我讲过的，只有全部故事的百分之一。她的故事不光是关于林子的，还有远处的，比如城里，比如更远更远的什么地方。有的故事只讲个开头就停住了，大概她后悔了。

　　如果说林子里的故事，有一个人知道得比外祖母还要多，这就是采药人老广。这个人常年在林子里转悠，背着一个大口袋，里面全是他找到的宝物，离人老远就散发出古怪的香味儿。我总觉得这个大口袋里也装满了故事，它们和草药一起散发出气味。他进出林子时常要经过我们家，坐下喝一碗水，然后就有头没尾地讲起来。他的故事又好听又吓人，常常让人半夜里惊醒。外祖母背地里说："他是逗你玩的，胡编了吓唬小孩儿。"我倒认为老广说的大半是真的。

小獾胡来到我们家快两天了，连水都没有喝一口。我和壮壮急得搓手。我们都害怕外祖母会忍不住把它放掉，那就糟了。我们不仅要看着小獾胡，还要盯着外祖母的一举一动。还好，她按时给它食水，但并不催它吃喝。这样直到第三天，一大早起来，我像过去那样第一眼就看它的小窝，结果高兴坏了：陶钵和蓝花瓷碟都是光光的。

　　我喊起来，外祖母做个手势，我赶紧捂上嘴巴。

　　我们，包括小獾胡，这会儿都非常安静。在这个不声不响的小屋里，正在发生一件让人兴奋的大好事儿：一个来自大林子里的小家伙，一个野哧哧的小野物，开始吃东西了。这说明它愿意留下来，愿意和我们在一起了。这时候我又想起了最初与它见面的那一刻，想起了云雀的小窝。它的家在哪里？它的爸爸妈妈会找它吗？我低下了头。我也想起了爸爸妈妈。

　　外祖母把我引到一边，眼睛瞥着小獾胡说："它是林子里的野猫生的，野猫和家猫不一样，它们长得稍大一点，就得自己生活了。"

　　"它还多么小啊，爸爸妈妈这么早就让它离开？"

　　"是的，这是海滩上的野物，它们就是这样，要提前出远门。"

狸子外孙

我明白了小獾胡和一般的猫是不同的，因为它的爸爸妈妈甚至更早几代，都是林子里的野物。这就明白它为什么那么凶，力气那么大了！从见到它的那一刻，它身上的那股横劲儿就让我们无法招架。老天，那一天要不是我和壮壮铁了心，拿出最大的蛮劲儿并且横下一条心，是绝不可能把它弄到家里来的。它真的不是一般的猫。这一下我有些担心了，害怕它有一天转身跑进林子，就再也不回我们的茅屋了。外祖母可能也这样担心吧，她迟迟没有打开小窗，也不敢撤掉上面的旧渔网。

我想，当它真的把这里看成自己的家，那时我会看出来的。让人失望的是，直到好多天之后，直到它不停地吃东西喝水时，也还是不愿接近我。它的目光转向我的时候并不友善，而是警觉中透着一丝怒气。显然它还没有原谅我。壮壮来的时候，它的态度也是同样。

我发现它有好几次主动走向外祖母。不过当她伸出两手时，它犹豫了一下，还是缓缓地躲开了。外祖母微笑着看它一眼，走向一边忙自己的事情去了。它坐在不远处看着她，长时间目不转睛。它还多么小啊，蜷在那儿，就像两只拳头那么大。它的样子很神气：一对灰眼睛微微发蓝，胸部有黑黑的纹路，使劲挺着；两只三角形尖耳高高竖起，分得很开。它最好看的就是从额头到脖颈这一段。它的嘴角是深棕色，凸起很高，好像有点肿，从上面长出两撇长长的胡子。这嘴巴让人一看就发笑。

当它发现我在盯视，就将头转向了一边。它还在记恨我。我想，那一天如果我和壮壮不将它逮到，它会偷走那四颗鸟蛋吗？那样云雀可就惨了。我问过外祖母，她说："也许它还太小，不认识这东西吧。"我不相信。她在为它开脱。过了一会儿她又补充说："如果它真的伸出了小爪子，云雀就会不顾一切地冲到地上来。做母亲的是天下最勇敢的人。"

采药的老广来了，一进门就盯住了小獾胡，转动着脑袋说："啊哟，老天，这是一只小野狸子啊！"外祖母沉着脸："好生生的一只小猫嘛。"老广抽出烟斗，含在嘴里没有点火，只认真打量小獾胡。这样呆了三五分钟，他一拍膝盖说："我看明白了，这可不是一般的猫啊！"

我们怔怔地看着他。老广从头说起，说自己对这片林子是最熟悉不过的人，什么野物都认得。"跟你们说吧，这只小家伙是野狸子的外孙。""啊？"外祖母一脸惊讶。我问："什么是野狸子？"老广说："那是林子里一种很厉害的动物，样子像猫，可比猫凶多了，能吃猫呢！"

　　老广把烟斗收到口袋里，把脸转向我，好像只想对我一个人讲话了。我知道他是多少害怕外祖母的，从来不敢顶撞她。他说："以前这林子里有不少野猫，它们都被两只从河西转来的野狸子吃了。这两只狸子凶啊，个头真不小！它们是两口子，一块儿捕猎。后来那只公的不知怎么走了，就剩下了一只母狸子。孤单单的母狸子有一天捕到了一只公猫，见这猫长得太好看了，就舍不得吃，后来就喜欢上了。"

　　外祖母抬头看他一眼。他问她："怎么，讲不得吗？"她说："讲得。"老广"嗯"一声："那我就讲完吧。这全是真的，我这人从来不说瞎话。事情是这样，这只母狸子后来就和公猫好上了，生了几个孩子。从那以后母狸子就不吃野猫了，因为都是亲戚了，不好意思下手了！"他哈哈大笑起来。

　　我觉得这故事太神奇了，急着知道后来怎样，就不停地问。老广摊开手："后来就简单了，一只母猫生了几只小猫，这当中就有你们这只。我最熟悉它们的斑点和模样，一看就知道这是一窝的。还有，看它的耳朵尖，那两撮毛是不是长得出奇？一般猫不会长成这样！"

我仔细看着小獾胡。一点不错，它的模样真不一般，身上的斑点黑得刺眼，耳朵上的两撮长毛往上挑着，看上去真凶啊。"你扳着手指算一下，它不是那只母狸子的外孙吗？"老广把脸转向了外祖母。

这一次外祖母没有反驳他。

第一夜

许多天过去了，小獾胡除了外祖母，不让任何人触碰。我和壮壮只能在离它几尺远的地方看着，想要伸手抚摸，它一定会提前蹿掉。外祖母喂它米汤和一点蛋黄，有时要将吃的东西托在掌心里。它吃完喝足之后就眯上眼，在外祖母的臂弯里待一会儿。这让我找到了机会，趁它睡熟的时候悄悄走近：可惜它总能在最后一刻察觉，猛地跳开。

我和壮壮很生气。它显然还记得云雀小窝旁的那一幕。我想问它一句：你那一次做得就对吗？偷偷摸摸趴在那儿！说你是偷蛋贼一点都不为过！不过这会儿还不是追究这些的时候，我只想弄明白它对一个人好或不好、疏远或接近的理由到底在哪里。这家伙显然是极聪明的，这从它的神气上就能看出。它对人的信任、好或不好，通常是用距离来表达的：对外祖母可以贴紧，对我和壮壮要离开二三尺，对老广则要躲到几米之外。有一次老广带来了一条小鱼，这是他特意从海边打鱼人那里要来的，想凑到跟前递给它，顺便亲手摸一摸。他咕哝说："我得好好看看野狸子的外孙。"他提着那条小鱼往前，为了防止它逃开，就把它逼到了屋角。谁知就在老广离它一米多远时，它嘴里发出吓人的"刺刺"声，脊背上的毛再次竖了起来，噌一下蹿起来，从老广肩膀那儿飞出很远。

"野物就是野物！"老广扔下小鱼，生气了。

我同意老广的话。然而外祖母却令人嫉妒地抱起小獾胡，轻轻拍打说："没事没事，咱心里有数。"我问："老广对它不好吗？""好，不过他更多是好奇。"我没话可说，因为那天老广一边往前凑，一边说了几句不太友好的话。我说："我对它可是真好啊。""你只想和它玩。"

外祖母说。我承认外祖母说得没错。可是我也没错。这时，我忍不住伸出食指，在它的额头那儿轻轻摸了一下。小獾胡立刻睁开大眼看我，又看外祖母。这次它没有发火，也没有跳开。

就从这一天开始，我可以挨近一点了，喂它食物的时候还能顺手理一下它的头顶。我对来玩的壮壮吹嘘起来，多少夸大了与小獾胡的友谊。可惜当我伸手去揽它的身体时，它就躲开了。我对壮壮说："它不好意思。其实它心里对我是好的。"

晚上，我躺在外祖母身边，从窗户上看着一天的星星。如果她不困，就会说点什么。她肚子里的故事太多了，天上地下，过去现在，大海和林子，什么都知道。我将来一定要把她所有的故事从头复述一遍，记下来，讲给人听。这个夜晚她说的不是故事，而是爸爸。她一直牵挂那个大山里的人。

"他一年里只能回家一两次，家里就像没这个人似的。孩子啊，幸亏妈妈半月二十天还能回来一次。爸爸他们那帮人不受待见，这些人的命真苦，一年到头凿山，那山怎么凿得完？凿穿一座，还有另一座，山连着山呢。"

她在叹气。我想起了什么，悄声问："你说有个叫'愚公'的人会移山，那些人是不是要爸爸当一个'愚公'？"

外祖母擦起了眼睛。"也许是。"我害怕了，她盯着窗户，"谁都有老婆孩子，谁都得过日子啊！"

正说到这儿，小獾胡跳上炕来，在我的头顶那儿蹭了一下。我一动不敢动。它在我和外祖母之间低头转着，好像琢磨是不是该躺在这里。它终于想好了，轻轻地蜷在了外祖母枕头旁，一会儿就发出了呼噜声。这声音甜甜的，这是我听过的最好的声音。从此以后我会记住：人的夜晚只要有这样的声音相伴，就一定是最好的夜晚。我一声不吭，一直听着它的呼噜声。

这是我和小獾胡一块儿度过的第一个夜晚。我总是害怕它在我睡着的时候离开，有时迷迷糊糊睡去，醒来就要伸手摸一下，啊，还在，软软的，热热的。

听故事

因为融融的到来，它的呼噜声，让我再次想到许多年前的那些夜晚。我谈到小獾胡，虽然断断续续，却能拼接起一段林中岁月，那是茅屋里度过的艰难而宝贵的时光。时至今日，只要一闭上眼睛，枕旁还能听到呼鸣的林涛，外加一只小猫的呼噜声。

现在，我又一次面对了一双聪灵无比的大眼睛。我要对它说说那片林子，讲一个它喜欢的故事。还是从那个海滩黄昏、从头顶上大声鸣叫的云雀开始，让它在一个精致的小窝旁结识小獾胡。融融听到这个名字立刻仰起了鼻子，直直地看着我。

"它要听故事，"我说，"它真的听懂了。"

我从不怀疑猫能听懂一些简单的话语，狗也同样如此。这需要一个过程。融融刚刚加入我们的生活，这么小，不太可能知晓家里人的交谈。但有一点是肯定的，它进入新生活的能力远超我们的想象，比如它能够在极短的时间内熟悉周围每一样物品，很快适应一切。在我看来，它那么自然得体地与人相处，欣然而笃定。

我们一提到"融融"二字，它总有极敏的反应，马上抬头望来，睁大一双询问的眼睛。当我与孩子在电话上交流这个时，那边立刻传来笑声："那当然了，如果连自己的名字都看不住，该是多傻的猫啊。"这里的"看"字读一声，是"看管"的意思。是的，名字属于自己且跟随终生，当然要守住。

融融对"吃饭""睡觉""上床"等短语，全都明白。不仅如此，它对跟随自己一起来到新家的一些小物品，如罐头和驱虫水之类，都一一专注地用那双小胖手揽住，一丝不苟地阅读上面的说明文字。我看了一下，它们分别用日文和英文写成。也就是说，加上我们的日常用语，融融现在起码掌握了三国语言。

当然这是一种牵强附会的趣思。但它的灵捷聪慧、善解人意是无须怀疑的。它甚至与家人有着相同的嗜好：爱听京剧和纯音乐。我多次，不，应该说是屡试不爽，发现只要电视里播放京剧，它就一定要转到屏幕的正前方，目不转睛，一直看到整个唱段结束；只要音箱里响起动听的旋律，它就必定终止玩耍从远处赶来，表情时而欣悦时而肃穆。

"它的前生，一定是一位艺术家。"我这样推断。

它关于语意的理解深度，目前所具备的能力，我们不能抱有太高的期望。观察中，人们出于对它们的喜欢甚至溺爱，总会夸大其异能，说出一些不可思议的超常表现。这是人们熟悉的。不过也有相反的情形，那就是把它们当成异类，根本无视其存在，认为它们对我们的生活从来一无所知。这也是错误的。

我发现每当说到"小獾胡"三个字的时候，融融就格外地专注或兴奋，有时会把右前爪提起再提起，从耳朵那儿往前猛地一挥。这是猫和狗都有的一个动作，是极愉快极冲动时的一种肢体语言。是的，它在听另一只猫的故事，当听到不太好的情节时，样子就严肃起来，双目下垂，鼻子上好像坠了铅。

看着融融碧蓝碧蓝的、清纯如水的眼睛，我更要把故事讲好。任何悲凄的往事都不应该抵达它的耳廓，这样纯稚的生命站在一旁，我们真的不敢放肆。我们不论说到爱还是恨，都要蹑手蹑脚的。

遗 传

小獾胡对家里人的亲密程度是不同的。它最爱的人是外祖母，其次是我，再其次是妈妈。因为妈妈是十多天前才结识它的，而且只在家里待了一天就匆匆返回了。不过她只用了半天的时间就取得了小獾胡的信任，这速度快得惊人。"它知道妈妈是家里人。"这是外祖母的解释。她说得对，因为我发现老广虽然熟悉它的时间更早，可是他和它仍然有些生分。对这一点，老广是不太甘心的，他为了讨好小獾胡，路过这里总要带来一点好吃的东西。但小獾胡摇着尾巴，只轻微地表示了一点谢意，然后就开始享用。

妈妈对小獾胡的到来高兴极了，每次回来都要长时间地抱着它。她以前就是这样抱着我，现在我长大了，她抱不动了，也就改成了抱小獾胡。她抱着它的样子让我想起了以前的日子。有些嫉妒。她抱着它走到门外，望着院墙外的树梢说："大山里的人如果回来了，也会喜欢你的。"她的声音很低，显然是说给小獾胡听的。

夜里，就是我和外祖母、小獾胡三个一起了，而且夜夜如此。外祖母入睡前照例要讲故事，听故事的不再是我一个，所以她讲起来就更细致更耐心了。有的故事听过一点，有的没有。外祖母这一次说起了外祖父，这让我抚摸小獾胡的手都停下来。那是一个我从没见过的人。无论是妈妈还是外祖母，只要提到外祖父都要小心翼翼的。因为他在很早以前就过世了，是一个不幸的人，也是一个了不起的人。他是当地享有盛誉的医生，还是一个虔诚的基督徒。妈妈和外祖母以前说到他，只有只言片语。一牵扯到让人心痛的往事，她们就这样。不过我已经在心里把她们的话一点一点拼接起来，将它们串成一个有头有尾的故事。

这故事让我哭泣，也让我神往。我常常想：如果我生活在外祖父身边，该是多么幸福。我会让这个了不起的人高兴，说不定我会保护他的。我总把自己想象成一个无所不能的人。是的，只要能够保护他，我一定会变成那样的人。

外祖母这个夜晚讲给我和小獾胡的，是一个酷爱动物的外祖父。老天，说起来有人不信，他竟然一口气饲养了几十种动物，这些动物有许多是当地人从来看不到的，从山羚羊到大蟒、大海龟，再到各种鸟儿、牛马驴子等，一个大院落就成了一个动物园。为了羚羊，他在院内堆起了高高的石头山；为了海龟，他挖出了一个很大的水池。他出门时总要带上心爱的狗，骑上大红马；偶尔因为一些事务不便带狗，就要专门对它细细解释一番，然后才上路。猫在他工作的时候一直待在旁边，是陪伴时间最长的。夜晚，他的枕边一定有猫。

"你姥爷最后一次从东城那个大教堂出来，骑着马，回西区的家里。就是这一次，半路上遭到了伏击。那匹马什么都懂，它跑回来报信。马跑回家，不停地用下巴磕打木头台阶，家里人这才知道出事了。"黑影里，外祖母的声音低得快要听不见了。

她停下了。我等待着，一个字都不想放过。可惜这一次她同样没有说得更多，接着结束了这个短短的故事："爱动物也是有遗传的，孩子，你这么爱它们，大概是因为外祖父。"

是啊，我完全同意她的推断。这个夜晚我在想，自己今生最大的遗憾，就是没能见到那个可爱的老人。一个人对动物有那么多的爱，肯定是一个善良的人。她以前说过：外祖父能够与动物对话，他蹲在它们跟前长时间地说着；它们听得很专注，比如一只羊正在吃草，一听到他的话就会停止咀嚼，认真地听；那匹大红马与他相依为命，有一次他出门日子多了，大红马就想病了。

说外祖父是一个了不起的人，主要还不是指他养了那么多动物，而是说他干的那些大事。他是一个无比英勇的人。那些事我当时搞不懂，随着年龄的增长，我会更加肯定地说：外祖父真是一个了不起的人。

凿山的人

到现在为止，我们家里只有爸爸一个人还没有见到小獾胡。我一想起他们相见的那一天，就激动起来，眼泪险些流出，真是奇怪。我觉得大概没有比爸爸更喜欢这个小家伙的了，事情一定是那样，至于为什么，我还说不明白。我认为爸爸见到它的一刻会大喜过望，然后紧紧地拥住它。我害怕的只是小獾胡不懂事，见了从大山里归来的陌生人狂乱地躲闪。

如果它不理他，他会伤心的。

我和爸爸待在一起的时间，加起来还不到一年。外祖母平时也不太提到他，好像不想说山里的事情。妈妈也是这样。我知道这是因为忧愁。她们装着高兴的样子，但是装不像。忧愁像看不见的空气一样藏在我们的茅屋里，赶也赶不走。小獾胡帮我们赶走了许多忧愁，这是它了不起的方面。我有时在小院外边，站在离茅屋远一点的地方看我们棕色的屋顶，觉得这座小屋像心事沉重的人一样，默不作声。整座小屋的最大心事，就是等那个凿山的人回来。

因为想爸爸，想妈妈，我有时会一个人躲在林子里，半天不出来。我在一棵大橡树或大杨树下待到很久，最后让外祖母慌乱地出门找起来。她不停地喊啊，嘶哑的嗓子把树上的鸟儿惊起一大群。所以，我觉得自己对不住外祖母。现在好了，现在有了小獾胡，我可以长时间待在屋里了，和它一起，抚摸它，与它说话。我的话它能听懂许多，我想一定是这样的：外祖父能够做到，我也能。这是我们家遗传的一个技能。

我多次试过这种本领，发现有时候能，有时候不太明显。小獾胡是一个很有心劲的家伙，许多时候它其实早就听懂了我的话，却装出一无所知的样子。如果我在说一件让它高兴的事情，只要轻轻几句它就明白了。

有一天我在林子里玩，正追着一只小蜥蜴，刚转过一丛枣棵，突然有个打猎的人从旁边走来了。这个人戴了一顶长檐帽，还有一副飞行员那样的风镜，模样很怪。我害怕并讨厌打猎的人，只想绕开他。可是他偏要拦住我的去路，咧着嘴，不怀好意地说："噢，你就是那个小茅屋里的吧？凿山人的儿子，你知道长大了也要去凿山吗？"

我的心扑扑跳。不是害怕，而是恨这个人。

"听到了没有？快些长，长大了去凿山。"

我脱口说道："我不去。"

"哈哈，这事儿可由不得你了。大山怎么凿得穿？要一代一代接上。嗯，叮叮当当，啪啪咔咔，接上凿。"

我捂着耳朵跑开了。我来不及躲开那丛枣棵，双腿被尖刺划出了血。

回到家里外祖母心疼了，她给我抹药水，"啊啊"地吹气，问我怎么会这样粗心？我什么都没说，没有提那个猎人。但我会一直记住那个人的话。这一夜我很难入睡，长时间望着漆黑的窗子。除了怜惜爸爸，还有恐惧。我不想这样度过一生，不想用一辈子的时间去凿山。我盯着夜色发问：如果真的那样，又该怎么办？心底有个声音答道：会逃，逃到天边。

早晨醒来，外祖母不在身边，只有小獾胡贴紧了我的枕头。我与它脸对脸发呆，说："也许有一天我会逃的，逃很远很远。"它的额头抵过来，一动不动。我在想那座大山和那个人，想爸爸。他天天都要凿山，用钢钎和锤子。大山和人都是不幸的。这是一座给凿痛了的大山、一个最不幸的人。大山被凿上了孔洞，人瘦得皮包骨头。妈妈说过：那些大山里的人每天只供给一些粗窝窝，喝漂着几片菜叶的盐水汤，一整年都是这样。爸爸每次回家，家里人都要为他准备炒豆子和地瓜糖，可他回到山里还要分给大家。那些人和他一样，都晒得黢黑，又干又瘦。

我永远忘不了那个冬天，爸爸冒着大雪，经过了两天一夜的跋涉从大山里回来。他这样辛苦却只能在家待上两天。爸爸真瘦啊，整个人让人想起一棵细长的、没有枝杈的白杨树。他个子真高，皮肤真粗，手脚全是裂口。他一进门和外祖母说了一句话，就把我抱起来。我记得自己很奇怪，脸挨紧他扎人的胡子，就轻轻地咬着他的耳朵。爸爸耳朵上有一股咸味。外祖母一见他回来就有些慌促，在围裙上擦着手说："快，快，去告诉你妈，说他回来了，回来了。"她这样说着，转身就出门去了。

爸爸一直抱着我，好像永远不想放下。我没有说话，因为不知道说什么。大山里的所有事情我都好奇，可这会儿只有他一个人在说。他在问，其实是自语。他说林子，妈妈，外祖母，然后又说大山里的夜晚。那里的冬天真冷啊，他说今年冬天又冻死了两个人。不过他说自己永远冻不死，因为他一直在想着林子里的这座茅屋，茅屋里有一只噜噜响的火炉。"这样，我就冻不死了。"他笑了，亲我一下。

大林野

　　如果不是和好朋友壮壮一起去林子里，外祖母就不放心，总要叮嘱不要往林子深处跑。林子太大了，无边无际，我只能在离小茅屋不远的地方活动。林子里的声音很大，那是无时不响的林涛和海涛、各种鸟儿的叫声。野物奔跑时发出的唰唰声、喷嚏声，还有嬉闹打架的声音，只要屏住呼吸都能听见。这些声响全不可怕，因为它们都是明明白白的东西发出来的。最可怕的是那些谁也弄不懂的、千奇百怪的响声，比如从远处传来的比老牛的叫声还要大十倍的"哞哞"声，林子深处若有若无的哭和笑，更远处那种尖尖的好像一个小孩子被扼住脖子时发出的叫声。

　　那些怪声如果响起来，连猎人都要害怕，他们会从林子深处跑出来，一直跑回家去。海边来来往往的老人们说这林子太大了，年代也太久了，所以也就积下了许多老事情，有了妖怪。"'老事情'又是怎么一回事？"我十分不解，有一次就问起了采药人老广。老广说："就是多年没有了结的事，比如说发生在林子里的恩仇、冤屈，就像一笔老账一样，还没有结清。"我仍然不太明白，不过更加知道了这林子的可怕。

其实我很早就清楚，林子里面的最大危险不是野兽，而是其他。因为这里面如今几乎没有大型凶物，据老广说，最后的一条狼也在五十年代死在猎人手里。大一点的动物只有獾和狐狸，而这两个家伙脾性好，心眼多，却一般不伤人。蛇和毒蜘蛛是可怕的，但只要小心一些，被咬到的可能性也不大。老广说他采了多半辈子药，从来没被蛇咬过；有一个年轻人仗着胆大，乱闯乱奔，结果就被一粒豌豆大的蜘蛛咬伤了，浑身紫一块黄一块，最后没能救过来。

在林子里，另一种让人害怕的事就是迷路。只要迷了路，各种危险也就全来了。首先是回不了家，在林中过夜，一到了漆黑，一片深不见底的密林里，各种想不到的古怪东西就全出来了。最吓人的是妖怪，这种东西不是一般的大型或小型动物，而是非人非兽的古怪东西。老广说到妖怪时格外慎重，好像突然就小心起来。他认为妖怪是确实存在的，但它们也和人间万物一样，有好有坏，有的不过是能闹罢了，好奇心强，捉弄人但不害人；而有的却坏极了，以各种方式糟蹋人，最后把人弄得死不了活不成。"这叫悍妖。"老广吸着冷气，瘪着嘴角狠狠点一下头。

据说悍妖不怕人也不怕动物，就连老虎和豹、狼等凶险的大动物也不怕，只怕一样：猫。老广真的这样说过。他说别看猫的个头小，却有"异能"。什么是"异能"？就是特别灵捷的身体和超级的智慧，还有一双能看透一切阴谋诡计的眼睛。"这眼睛可不一般，它能看见人和其他动物都看不到的魂灵！"老广说。魂灵，多么吓人，老广说那些悍妖就是凶物的魂灵，所以猫才不怕。

海边的人都知道，人如果在林子里迷了路，超过三天走不出来，那就凶多吉少了。有些猎人、采药人，还有天不怕地不怕的打鱼人，他们全都怕迷路。关于这方面的凶险故事，上年纪的人能一口气说上三天三夜。故事越是吓人就越是想听，老广就是讲这些的高手。他说有的人被妖怪吃掉，这反倒利落，反正是一了百了；有的人被妖怪变成了一头小驴，结果又被人送到集市上卖了，想想这才不幸。最倒霉的是有人被妖怪看上了，结果就得成亲，想逃都逃不掉。比如说一个挺好的小伙子和母悍妖成了亲，那种苦楚啊，没人受得住。我问为什么？老广叹气又跺脚，大幅度地摇头："没法受。""为什么？""因为不是人遭的罪。"

老广留给我的一句最严厉的叮嘱，就是不要与妖怪成亲；至于其他，倒也没什么大不了的。这样一来我就更想弄明白成亲是怎么回事了，一遍遍追问，老广才说："它跟你亲热完，就把你吊在树上。"

　　我吓得脸色惨白。后来我对外祖母讲了，她"哼"一声，说林子里胡蹿的一些家伙，就经常把人吊起来。我说："那一定是妖怪了！"外祖母摇头："他们比妖怪可坏多了。"

　　我没法不到林子里去，因为出门就是林子。大林子里有坏东西，也有好东西。我每次去林子里都会遇到一些惊喜。花，鸟，大树，新来的四蹄动物，它们对我都好极了。远一些看我们的小茅屋，它就像大林子里长出的一朵大蘑菇。我有时会长时间倚着一棵大树，想一些心事。外祖母给我划定一个范围：只要离开茅屋四周五十步，就再也不能往前走了；如果和壮壮一起，就可以走一百步甚至更远一点。

　　现在是和小獾胡在一起，可以走多远？外祖母想了想，转脸看了看小獾胡，说："那就走一百步吧。"我有些高兴，但仍然不甘心。要知道它的一双眼睛可是了不起啊，连最坏的悍妖都不怕。我们愉快地出门了。大林子啊，其实我早就偷偷地跑到远处了，在这之前就超过了一百步，甚至走得更远。那时真的有些害怕，走进黑乌乌的密林中，总要想到妖怪，在心里祷告：老悍妖啊，求求你千万不要和我成亲，也不要把我变成一头小驴或一只羊；如果那样，还不如干脆直接把我吃了。

这次因为有了小獾胡，我的胆子大了许多。我说："如果你看到了悍妖，脊背上的毛会竖起来，是不是？"它的额头在我手上蹭着，然后仰头去看树隙间的天空。天真蓝啊，白云走得慢悠悠的。不时有一只小鸟飞过，或更大的鸟呼啦啦从近处飞走。远远近近都有老野鸡在叫，还有什么与之对答。老野鸡喊："渴啊，渴啊，渴死！"另一个声音就叫着："有水，有水，水啊！"我学起它们，一开口竟然全都不再吭声。林子里有无数的生灵，它们都在玩，忙自己的事情。我让小獾胡站在肩上或跟在身边，只要往前走一段，这里就会突然变得安静下来；不过只一小会儿，一切又重新喧哗起来：大鸟用力拍动翅膀，小动物从树底和草叶间唰唰跑开。有什么在稍远一点的地方发出哈哈大笑：当然是笑我们。

我奔跑，小獾胡就紧紧跟随。有时它会猛地蹿到前边，消逝得无影无踪，无论我怎么喊都不吭一声。当我真的生气了，不再理它时，它会猛地从某个地方跳出来，使劲抱住我的腿。这是它最高兴的时刻。我们会搂抱一会儿。它挨紧我一动不动的样子好极了，可惜坚持不了一分钟。我试过，狗可以长时间挨紧人默默站立，猫不行。猫不愿以这种方式亲近，关系再好也不行。它喜欢逗弄一下就跑，愿意自己玩。

我如果抱着小獾胡一动不动，时间长了它真的受不了。有时我实在忍不住，要亲一下它的鼻子，结果总是十分尴尬：只要来得及，它一定会赶紧躲开；万一被亲了，它就会表现出很沮丧的样子，立刻伸出爪子擦一下鼻子。尽管这样，我还是很得意，有一种偷袭成功的快乐。猫的鼻子是所有动物，也包括人，最美好的一个部位。为了克制自己不去亲猫的鼻子，说实话，这常常要费很大的劲儿。

我们坐在一棵大树下。这是一棵金合欢，树冠黑乌乌的。一些快要萎败的花丝不时落在头上。这一会儿真静，只有我们俩。我又想起了爸爸。我在想他这会儿正做什么？他肯定和石头在一起，在漆黑的山洞里。我仿佛看到他匍匐在尖利的石碴上，拐肘撑地往前挪动。"爸爸。"我叫出了声音。小獾胡看着我，眯着双眼。

我将它抱上膝头。它的额头和我的下巴连在一起。泪水不知不觉流下来，打湿了它。我想说的是，爸爸回来时，一定会和小獾胡成为好朋友，会这样抱着它。

回　报

　　小獾胡在不知不觉间长大了。外祖母特意用尺子量了一下，说它除去尾巴也有九寸。它真像一个水亮滑爽的小伙子，瞧身上的黑色斑块多么鲜亮，双耳尖部的两撮毛发也更长了。我这时盯着它看上一会儿，对老广以前的推断再也不会怀疑：它真的是凶兽外孙。这不是一般的猫，这从它的眼神中也能看出：两眼突然放出一束锐利的光，当它盯住窗外的鸟儿就是这样，那目光真的冷到吓人。

　　半夜时分，我只要醒来就一定在外祖母枕边抚摸一下，如果没有触到那软软的一团，就会失落。外祖母拍打我说："睡吧睡吧，猫有猫的事情，它夜里要去林子里。""我们白天刚去过啊。"我对它独自去林子实在不高兴。我一边生气一边睡觉，后来睡着了。

　　天亮了。一大早发生的事让我和外祖母吃了一惊：一缕霞光照亮窗台，上面整整齐齐摆放了一溜东西，原来全是杀死的小动物，它们头朝一个方向，间隔相同的距离。啊，一条小蜥蜴、一只麻雀、一只仓鼠、一只螃蟹、一只绿蚂蚱、一条大蚯蚓。

外祖母数了一遍猎物，回头寻找小獾胡。我当然明白这是它干的。原来这一夜它在狩猎，而且把收获物搬回了家里。这会儿它不在，屋里静极了。也许它累了一夜，正在休息，也许就在某个角落看着我们，想听到一声赞扬。可惜它等来的是外祖母的训诫。她转脸向着屋角说：

"小獾胡你听着，我知道你舍不得吃这些东西，才拿来家里。不过我们和你可不一样，我们不吃它们。它们和你一块儿生活在林子里，你不该杀它们。家里好吃的东西很多，你别祸害它们了，好不好？"

没有回应。这样停了大约十几分钟，小獾胡不知从哪里钻了出来。它奔忙了一夜，身上还有露水和草屑。它无精打采地走到窗台跟前，注视这些猎物。它仰起鼻子，眯着双眼，好像用力嗅着屋里的气味。它低下头，转脸看看我和外祖母，走开了。

我悄声问外祖母，怎么办？外祖母叹一声，怜惜地看一眼小獾胡的背影，没有说话。她转身为它准备早餐了，像过去一样，拿出从地窖里取来的食物：小干鱼、窝窝、

爱的川流不息

虾皮，还有一点蛋黄。

小獾胡转了一圈又回到窗台上，梳理毛发，然后静静地呆坐。它望向窗子时一动不动，目光是仰向高处的，显然在看树隙间的天空。外祖母唤它吃饭，它没有理睬。早餐后我跟外祖母出门打扫院子，回屋后再看窗台，发现上面干干净净的，什么都没有了。

小獾胡不声不响地将所有猎物都搬走了，不知道搬到了哪里。

这样过去了一个多月，又是一天早晨，我醒来后看到外祖母坐在那儿，正看着窗前。我看到她脸上落满了霞光，是欢欣的神情。啊，窗台上又一次摆放了一溜东西，仍然是整整齐齐，但那不是猎物，而是其他。我仔细看了看，天哪，它们是一只蜗牛蜕下的空壳、一支晒干的马兰花、一粒野枣、一根洁白的羽毛、一枚扣子。

我没有动它们，因为这些东西摆放得太整齐了。外祖母皱着眉头笑了，她最高兴的时候才这样笑："多懂事的小獾胡，它知道我们喜欢什么了。啊，看到了吧？那只扣子是我不知什么时候丢在外边的，大概也只有它能找到，它的小爪能捡回来！"她这样说时，眼睛里似乎有泪花在闪烁。

黑 煞

这一天，我和小獾胡因为走得稍远了一点，就遇到了一件可怕的事。这是小獾胡引起的：它不停地追赶一只大蚂蚱，我就紧紧随上，然后不知不觉就跑远了。有一只红色的大鸟落在前边的大树上，吸引了我们的注意力。突然，那只大鸟抖了一下，差点掉下来，身子一歪，吃力地飞走了。紧接着，树隙里像翻了一个筋斗似的，有什么发出扑通一声，黑影一闪就不见了。

我觉得那是一个大型动物，因为跑得太快，看不清是什么。这可真够吓人。我看一眼小獾胡，发现它的胡子翘起来，两眼尖尖地盯住前方。我们正在发呆时，不远处的灌木棵摇动起来，像起了一阵大风。我和小獾胡赶紧躲到一丛紫穗槐后面。一大片茅草全都倒下来，有什么东西蹿出来。这次我看清了，那是一个又粗又矮的人，长得真吓人。我大气不出地搂住小獾胡。这个家伙咧着乌紫的大嘴，露出一溜板牙，剃得锃亮的脑瓜上交攀着一些黑筋，下面是一对恶狠狠的大眼。他四下瞄着，两只耳朵像动物一样不停地活动。

小獾胡浑身抖动，我用力按住了它。我知道它只要窜出去，就一定没命了。前面这个人壮极了，通身都是紫黑色，腰上拴了一支鸡捣米枪，还有刀子和弹弓。他四下瞄着，好像并没有发现我们。我害怕到了极点，呼吸都停止了。小獾胡也不再挣扎，伏在那儿。

这个家伙往四周盯了一会儿，又仰脸向半空里张望。他转身时我差一点喊出来：那只背着的手里正握住了一只红色大鸟，脖子拧断了，流着血。我好心疼。这样大约过了十几分钟，他发出很大的喷气声，踏倒一地茅草往东走去了。远处的一群群鸟儿飞起来，然后是一阵可怕的安静。

我们仍然一动不动。又过了一会儿，四周有了一点响动，好像一些动物刚刚喘过一口气，林子重新喧哗起来。我和小獾胡这才从灌木里钻出来，大口呼吸。我费力地辨认方位，只想快些回家。我要赶紧报告外祖母今天发生的事情。

我一路跑得气喘吁吁，一头扑进小院，大声喊着，外祖母被吓了一跳。我把看到的从头说了一遍，说："这回真的遇到了一个'悍妖'。"

外祖母看看窗户，说："那不是妖怪。"

"你没听老广说过'悍妖'吗？""听过。可是他比'悍妖'还坏。"我一声不吭，看着外祖母。是的，我和小獾胡在林子里给吓得浑身发抖。我悄声问："他是谁？他叫什么？"

"海边人都叫他'黑煞'，说他身上没长肉，全是筋，谁都不是他的对手。他从小舞刀弄枪，不到二十岁就出门比武，得了功名。海边的人都怕他。"

"他是猎人吗？"我越发好奇了。

"他什么都不是，他是坏人的头儿。只要干狠事坏事就得找他。他打人的时候要站到一个凳子上，专打人的脸，捣人的肚子。他用皮带抽人，能一口气把人抽昏过去。被他打过的人，就再也活不久。"

"我恨死了'黑煞'！"我想起了那只滴血的大鸟。

外祖母吸一口气："孩子，千万躲着他，不要招惹他。"我没有吱声。我不知道林子里为什么突然出现了这样一个凶神恶煞，他到林子里干什么？我说出了心里的惧怕。外祖母望着小院，目光像凝住了一样，像一个人自语说："你爸爸有一年回来探家，就在半路上遇见了他，真是冤家路窄。"

"啊，他们见过？"

"'黑煞'截住了你爸，硬说他是从大山里逃出来的。你爸告诉这是一年两次探家，是经了工地批准的。'黑煞'不信，招呼一帮人，把你爸爸关在了一间黑屋里。好生生的一个假期就这样糟蹋了。"

我的泪水流出来，狠狠地擦了一下脸。小獾胡无声无息地走近，仰脸看着我，挨紧了我一动不动。

一连好多天，我和小獾胡都没有到林子里去。外祖母说："以后千万躲着那个人，他真的是'黑煞'！"外祖母吸一口粗气，说："什么是'黑煞'？人走在路上，正走着，只要觉得眼前一阵黑，上不见天下不见地，两脚像踏在半空里，那就是遇见'黑煞'了！只要遇见了它，也就十有八九活不成了。以前有一个猎人，他就遇见过'黑煞'，没死，不过在床上躺了半年，身上脱了一层皮。"

小獾胡不知什么时候坐在了旁边，这时弓腰站起来，好像被"黑煞"吓住了。外祖母说下去："那个人有一支土枪，有一帮人，头像石头一样硬，能撞断人的肋骨。南边村子、园艺场、林场，谁都怕他，就叫他'黑煞'。"

中秋节

中秋节到了。这个日子格外不同，提前许多天全家就喜气洋洋的。"我们要过中秋节了。"我对融融说。它出生后第一次经历这样的节日，显然搞不明白，但看上去神情上还是有点兴奋。它已经七个月了，身体明显变大，称了一下，体重已达八斤三两。真是让人高兴。孩子从电话里得知后，说："它的身体发育期会延长到四岁，明年的这个时候，大概就能长到十五斤了。""啊，那该是多么大的一只猫。"我一阵感叹。那边又说："不要忘了，融融是'大骨骼的人'。"

因为要和融融一起过中秋节，想了想，就将它吃的东西做成了月饼的形状。这真像一个节日的样子，从半下午开始，融融就迈着雄健的步伐走来走去，满脸欢欣，好像也在等待月亮升起。终于飞起满天红霞，天色愈暗。一轮比预想中还要大的月亮一点点升起，我们把它抱到了窗前。

也许月色对所有的生命都有特别的作用力，它仰望着，很长时间在凝望。我们看一眼天空的晶莹，再看怀中这张美丽的面庞，恍惚觉得屋子内外都有一轮皎月。

"但愿人长久，千里共婵娟。"我吟诵苏东坡的中秋名句，抚摸它。它偎紧了，一起靠着玻璃窗。我们在看遥远的稀疏的星空。

我的思绪又回到了许多年前的那个中秋，仿佛此刻怀抱的正是小獾胡。

那真是一个特别的日子。林中小屋的中秋节与今天多么不同啊，那是一生都不会重复的场景。人这一辈子需要不时地犒赏，为了多些欢乐，就得好好过节。没有比外祖母更懂这个道理的人了，所以她最重视节日，只要是节日就不肯放过，一定把它过得像模像样。不要说春节元宵端午这几个大节了，就连冬至立春这样的小节，她都会按部就班地准备下来。冬至一定要吃水饺，那些年找不到面粉，她就会用红薯粉掺上榆树根磨成的粉末来做饺子皮。红薯粉饺子见了沸滚的水就绽破，只有掺上榆树根粉才有筋道。饺子馅是外祖母的拿手好戏，野菜、蒲心和木耳、小沙蘑菇、鱼丁肉丁，什么馋人放什么。

中秋节是多大的节日啊，外祖母要提前许多天开始备料。她一边忙碌一边说："可惜你爸爸回不来，这是团圆的日子啊。"不过妈妈是一定要回来的，还有，今年的中秋节与任何一个都不同，我们家里多了小獾胡。它在今天也有一份美味：外祖母用鱼汤掺了窝窝面，做了一个小巧的月饼，还蒸了几条带鱼尾巴。

妈妈提早回家了，她知道这个日子多么重要，所以在太阳还没有落山的时候就推开了栅栏门。让人大喜过望的是，她带回的礼物可真不少。有的礼物是从园艺场买的，比如那些葡萄和红果；也有一路采来的，因为回家要穿过一片林子，过一座小木桥。路边总有野果和蘑菇之类，所以她回家总是很少空手。我盼望妈妈回家，有时也在盼那些出其不意的礼物：有一次她不光带回了自己舍不得吃的两块炸鱼，还带回一只比拳头还小的野兔。

妈妈回家的第一件事就是抱起小獾胡，将它的小脸贴在自己脸上。放下它之后，要问我和外祖母，这一段小獾胡是不是淘气了？我们都一齐回答：没有。其实我们都为它瞒下了一些过错，比如它咬死一只蝈蝈，还把好看的瓷碗砸破了。它半夜总要出门，在大林子里不知走多远的路，黎明时分才能回家。我和外祖母最担心的，就是它在林子里遇到凶悍的野物，那是最可怕的。外祖母不是一个迷信的人，她从不信邪，可她相信林子里有各种妖怪。

我们在明晃晃的月亮下吃最好的东西。有外祖母和妈妈，就有最好的食物。这个丰盛啊，说出来人人都会馋得流出口水。我们中秋的餐桌上有什么？就让我一一罗列出来吧。大原木桌抬到了院子里，中央是一个大瓷盘，里面装了满满的葡萄；一旁的陶钵里是几只大黄梨；再一边的两个木盘分别装了切好的西瓜和甜瓜，全是外祖母在林子里找到的野瓜；一旁的碟子里是外祖母自制的月饼。这月饼还得细说一下，因为这是哪里都找不到的，皮儿酥得没法说，是用红薯面再加绿豆、玉米和荞麦面做成的，包裹了核桃仁、杏子干、桑葚、葡萄干、冰糖、栗子、花生、红豆糕、梨丁、李子丁、杏脯，这些都要用野蜜调起来，那是她亲手从林子里采的。月饼旁是千层饼和大花馍，是小拇指粗的野葱，是豆瓣酱、煮花生、芋头、鱼干，是果干、豆腐和粉皮。

　　这么多好东西吃也吃不完。外祖母说："吃不完就是一年不挨饿，日子再苦，中秋节也要好好过！"她对这一天的重视似乎超过了任何一天，到了今晚都要高兴，都不能讲生气的话。她能从这一夜看出一年里许多重要的事情，比如看看月亮是否被云彩遮挡，就能明白明年雨水大小、正月十五是否下雪。妈妈说她验证过，外祖母从来不错。

这天晚上不能提爸爸。我一直忍住，尽管特别想念。我相信她们也是一样。如果提到爸爸，大家就不再高兴了。他们那一伙要不停地凿山，再好的月亮也顾不得看一眼。可怜的爸爸。我做过这样的梦：一个又瘦又高的男人，当然是爸爸，两脚缚了粗粗的铁链子，一动就哗哗响。这是梦，爸爸脚上没有铁链子。

小獾胡高高兴兴吃完了它的小月饼，看着一桌丰盛却不能享用的美味，让人同情。我们还要喝一点酒，平时不让任何人喝，只等爸爸从山里回来才摆上杯子，那是犒赏这个辛苦的人。到了中秋节，每人面前都要摆上一只小杯子，里面都要添一点酒。妈妈鼓励我："喝一点吧，只一点，你是男子汉。"我像男子汉那样喝了，啊，天下最可怕的东西。我用力咽下去。

外祖母端起酒杯，让小獾胡嗅了嗅。它没有急速躲开，而是认真地吸了吸鼻子，直到打着喷嚏跳开。

我们吃不完这么多好东西。已经到了半夜，大月亮看着我们，还不打算马上离开。我们更舍不得离开这么好的月亮、这么好的夜晚。但不管怎么最后还是要睡觉。我们躺在炕上，从窗户上看着月亮，一直到瞌睡上来。小獾胡快快不快地随我们回屋，先是在妈妈跟前磨蹭了一会儿，表达了应有的礼貌，然后照旧躺到了我和外祖母旁边。

看着月亮想心事，想啊想啊，就睡着了。正睡着，梦到有人来敲我们的门："咚咚、咚咚"，越敲越响。外祖母呼一下坐起。我终于听清了，这不是做梦，而是真的有人敲门。我和外祖母从炕上跳下来时，妈妈已经起来了，先一步打开了屋门。

一个细高个子进来了。我一眼认出了爸爸。"啊，爸爸！"我跳起来，两脚还没有落地，他就把我接住了。

爸爸的头发上落满了月光，白灿灿的。我忍不住伸出手抹了一下，又用力揩了两下。那月光还是留在他的头发上。

追月人

爸爸来得太突然了，出乎所有人的预料，所以大家都高兴坏了，都惊住了。妈妈和外祖母过了三四分钟才醒过神，一齐问："你怎么回来了？"爸爸语气十分平静地回答："回家过节。"

我亲眼看到妈妈脸上流下了两道泪水。外祖母没说什么，转身到黑影里忙着什么。我心里一阵难过：我们如果早一点知道爸爸赶回来多好，可怜的爸爸，没有和我们一起过节。太可惜了，今晚的事会让我们难过一辈子。正这样想，外祖母已经点亮了灯，端过来说："来，咱们重新过节。"

妈妈一下醒悟过来，赶紧和外祖母一起忙活：大原木桌再次抬到了院子里，一个个碟子钵子全端出来了。特别是酒瓶和杯子，它们一样不少地摆在了桌上。现在已经过了半夜，月亮已经歪到了西边。不过天色还是很亮，空中没有一丝云彩。一只小鸟在不远处叫了一声，有什么动物在附近的树上跳跃着。啊，我们要接着过节。

这时候我们都想到了一件事，这也很重要：让小獾胡认识一下爸爸。是啊，我们家里又添了一口，它还没有见过一家之主呢。外祖母大声呼唤，妈妈也起身去找。到处都没有。我伏下身子到处看，觉得它一定是钻到了一个角落里，因为害怕生人。我说："小獾胡别怕，是爸爸回来了，我以前跟你讲过啊，是他回家了！"

爸爸很快弄明白了是怎么一回事，就笑着等待。爸爸坐在月光里，桌子旁，身体挺得笔直。我觉得他对这次见面非常看重。可是真糟糕，小獾胡连一点影子都没有。小院和屋内静静的。我固执地想，它并没有走远，而一定是在暗处观察，要把一切看个明白；当它觉得没有危险了，就会走出来。

爸爸等了一会儿，故意转脸谈另外一些事情。我听着，渐渐专注起来。我会永远记住这个中秋之夜，记住爸爸讲的事情。原来，这么多年来他一次都没能与家里人一起过中秋，而这是全家团圆的日子。在我们海边这里，除了春节，再就是中秋节了，一般出远门的人都要在这两个节日赶回来，与全家团聚。可是爸爸一连许多年，只能在这个月亮大圆之夜望着家的方向。可能是月光太强的原因，他在这样的夜晚总也不能合眼。工地上不允许他们离开，因为每人一年里只有两个假期，每个不超过三天。爸爸在今年中秋来临前的一个多月都在想着回家的事情：多想和家人过一次中秋。后来，他鼓了鼓劲儿，对工地的一个小头目提出了回家过节的要求，说哪怕来回只一天、哪怕这一年只回这一次。

爸爸说他心里有一万个拗气，千难万险也要赶回。他从没对工地的头儿说过一句软话，可这一次他求他们了。那个小头目有些心软，不过说自己不能决定，这么大的事要请示上边。爸爸一次次求。爸爸等啊等啊，后天就是中秋节了，可是一点消息都没有。要知道在路上就要接近两天。爸爸已经绝望了。可是就在那天傍晚，小头目突然找到他说："批准了，回吧，不过待一天就得回来。"说完扳着手指一算："时间来不及了，我看还是别走了吧！"

爸爸却激动得浑身发抖。他想都没想时间的问题，恨不得一下飞到家里。他连连感谢，什么都不想，抬腿就往门外跑去。

他是一路跑回来的，只用了一天多一点的时间，走完了两天的路程。他一路上叮嘱自己的只有一句话："只要月亮还在天上，就不能算晚！"

外祖母背过身去。妈妈也在揩眼睛。

我抬头看着天空：啊，月亮还在，爸爸真的追上了它。

它想什么

爸爸吃桌上的各种东西，大口地吃。妈妈说："慢些，不急不急，反正回家了。"她为他夹菜、添酒，对我说："好好陪你爸，给你爸敬酒。"我装作会喝酒的样子，像大人一样举起了杯子。爸爸马上高兴了："是个男子汉了。"
我一点不甘示弱，真的把酒喝下去，呛得泪水糊住了眼睛。

外祖母看着爸爸，突然低下头。再次抬头，她小声向
我一个人说："你姥爷最喜欢的也是中秋节。他最重视这
个日子，给家里的每一个动物都备下一份礼物。"

最后一句让我愣了一下，忍不住好奇问："它们会要
什么礼物？"

"这要看什么动物了，龟、大蟒、羚羊、鸟儿、鹰、
猫和狗，它们都不一样。你姥爷最懂得它们，跟它们都是
好朋友。"

爸爸停下了手里的杯子，一动不动地听着。这时候我
们都没有听到身边细小的、蹑手蹑脚的声音。当我发觉有
什么在蹭自己的腿，这才想到是小獾胡。我敢说，这一段
时间它一直在暗暗观察，终于明白了新来的这个男人是谁。
果然，它最后走到了他的近前，昂首看着。

外祖母说："小獾胡，这是爸爸，以前多次说过啊！
好孩子，快去认识一下，他喜欢你啊，让他抱抱。"小
獾胡回头看看大家，又盯住爸爸，但没有更加靠前。爸
爸向它伸出手："来，膝盖上！"它向前一步，又后退一步。
妈妈开始鼓励："爸爸多好啊，快些吧，懂事的孩子。"

我一声不吭，只在心里为它鼓劲儿。小獾胡身子一昂，不再犹豫，几步走到爸爸身边，贴紧了他。爸爸有些胆怯地伸手抚摸它，正想抱起来，它拒绝了。它从手中挣出，回头看我一眼，却噌一下跳上了爸爸的膝盖。大家都笑了。爸爸和它对视，粗大的手轻放在它的额头。这样大约有三五秒钟，它就闭上了眼睛，发出了呼噜声。

月光，小獾胡的呼噜，全家人，这些加在一块儿，成为最美妙的时刻。

爸爸不说话，一下一下抚摸它。他低头看着小獾胡，很多白发和它的漆亮皮毛形成了鲜明的对比。爸爸的一头短发差不多全白了。小獾胡睁开了眼睛，啊，多么明亮，是那种灰蓝色。这颜色和今夜的天空一样。它看着爸爸，怔怔地看着，好像要记住他今晚的模样。它大概记住了，然后仰望天空，看了很长时间。

"它想什么？"爸爸抬头，悄声问我们大家。

妈妈和外祖母只是微笑，不能回答。是的，我们太熟悉小獾胡这样的神情了。它经常这样，瞬间凝视一个方向，不再理会其他。

是的，今夜它想什么？当我们一起在林子里时，在它独自安静时，总有这样的场景。端坐一旁，双眉微皱，仰头看向远方。它在这时候稍稍有些陌生，那么肃穆和沉静。无法猜测它在想什么，但知道是一些比较遥远或重要的问题，起码对它来说一定是这样。没有比它更愿意思考的了，这是我们全家的看法。外祖母说过："它有想不完的心事，我真想劝劝它，别那么较真。"我问："它想这么多，有用吗？"外祖母不以为然，说："哪能这么问啊，人也经常想事情，有用没用都会想。不想，又怎么知道有用？"

我赞同并且佩服小獾胡了，从那以后经常看它想事情的模样。我后来发现它想得实在太多了，有时一脸忧愁。我对外祖母说了，有些心疼。外祖母看看小獾胡，好像要验证一下似的，叹息一声："它多么小，心事反倒这么大。还是让我们多想一些吧，别让它累坏了。"

外祖母的话一直让我难忘。我和小獾胡在一起时，会长时间看着它的眉心，不愿意看到那儿打皱。只要打皱，我就立刻给它展开。我设法让它高兴，把玩具放到它的面前。它会在我的怂恿下又跳又闹，像个孩子。这才应该是它啊。

这个夜晚，我多想回答爸爸提出的问题。不过我还没有想好。

长大了

有一天小獾胡站在院墙上，昂首挺胸，让我看傻了。我好像第一次发现它这样俊气和英武。它有一种神气是以前没有发现的，这神气不仅从眼睛上，而是从全身，从闪亮的斑点花纹、四条壮腿、鼻子和嘴角，甚至是从胡子上透出的。这是一种说不出的威风凛凛，让人想起一头小豹子或小狮子。它有林子里所有动物加起来的勇气和本领，又凶猛又厚道。我知道它不会轻易侵犯别的动物，也绝不会被它们欺辱。这会儿，从树隙穿过的光线正落在它的身上，让它通身闪亮，不停地变幻颜色，一会儿灰黑，一会儿紫蓝，一会儿深棕，还有一次放射出金灿灿的光芒。无论变成什么颜色，都渗着一层油，好像只要揩一下，就会沾满两手。

我对外祖母说了对小獾胡的新印象，她说："这就是少年啊，不管是人还是动物，一辈子都有这样的日子。他（它）们会干出了不起的事。"

"怎么了不起？"我心里想的是自己。

"胆子大，只要做，就能成。"

我不吱声了。我在想自己什么时候才有这样的本领？我真的能干自己想干的事、真的能成？我只是想过：如果将来真的被送到大山里，就一定要逃开，哪怕逃到天边。这样想，没有说出来。我说："只做自己想做的事，那太好了。可是我不相信。"

外祖母看我一眼："小孩子家，可不能泄气。"

我想到了爸爸。他的运气不好。我在心里怜惜他，不知说什么才好。我承认外祖母说得对，人要有志气。可是我知道，一个人想干什么、能干成什么，都要遇到好运气。一个人或一个动物，力气再大，在坏运气中也做不成事。小獾胡真是一只好猫，它有些倔。我看过它在大树上飞蹿，快得惊人，从高处跳下来，半空里还能翻个筋斗。但愿它有好运气。"'运气'又是什么？"我在心里问着，皱起了眉头。

我在想爸爸。我觉得围在他身旁所有的东西相加起来，就是"运气"。大山，工地头目，半路上截住他的"黑煞"，坏天气，呵斥他的人，不让他回家的人，这些加起来就是"运气"了。

我们小茅屋的"运气"有好有坏，大林子、蘑菇、春天的花、冬天的雪、各种大鸟、东边的水渠、老广和壮壮、路过的打鱼人、小獾胡、大蝴蝶，好"运气"说也说不完。坏"运气"有毒蜘蛛、悍妖、蛇、"黑煞"、背枪人，这些吓人的东西。

我们和好"运气"结成一伙，就不怕坏"运气"了。

我和小獾胡共同的好"运气"，就是和外祖母在一起的夜晚。她为我们准备了那么多好吃的东西，然后开始讲故事。耳朵听到的比嘴里吃到的更加诱人。小獾胡听故事时大气不出，它在旁边，肉乎乎的小爪子伸出来，就像老中医给人号脉似的，不轻不重地按在我的胳膊上。

就因为吃得好，听得好，所以我和小獾胡都长得很壮，胆子也很大。我们都不怕坏"运气"。小獾胡经常单独跑到林子里，特别是下半夜，这让人十分担心。它有一个坏习惯，就是离开我和外祖母连个招呼都不打。我发出抱怨，外祖母问："你让它怎么打招呼？"我也不知道，但我真的不喜欢它半夜悄声走开。"它现在长大了，自己的主意就多了。你长大了也是一样，不会一直待在这里。"她说着，突然停住了。

她大概想到了我会去大山里，和爸爸那样凿山。

难道长大了就一定要这么惨？我们的小茅屋啊，下大雨时还要漏雨，冬天有时冷极了，可我还是害怕离开它。不光是我，就连妈妈和爸爸，他们只要一有机会就要赶回这里；还有小獾胡，它无论跑多么远，最后还要回到这里。这是我们的家。

小獾胡深夜在大林子里会遇到什么，我们无法知道。有一天黎明它回来了，进门时鼻子上带了一道划伤。我让外祖母看，她蹲下摸摸它，说："跟谁打起来了？"小獾胡受伤的鼻子躲闪着，仰脸时更让我惊讶了：它的眼角也有伤。"天哪，如果伤了眼睛多可怕！"我喊着。外祖母说："它不知遇到了什么凶物，这林子也太大了。"她叹气，"谁也不知道还会遇到多少凶险，它这一辈子啊。"

我想到了豹猫和猞猁，那都是吃猫的凶兽；还有蛇、毒蜘蛛。我听说一个毒蜘蛛把一只小牛犊那么大的猎犬伤了，只半天时间它就死去了。猫如果跟刺猬和狗獾、爬上岸的海中猛兽打起来，它也不是它们的对手。小獾胡如果遭遇了它们，千万要快些躲开，一点侥幸心理都不能有。一只猫要吃多少亏、经历多少危险，才能明白陷阱有多深。那些"悍妖"和"黑煞"说不定也会遇到，它们不会饶过它的。

就在小獾胡鼻子和眼睛受伤不久，有一天早晨它从外面回来，在窗前破着嗓子叫了几声，跳到了门旁。我赶紧开门，发现它正舔着身体。它把脸抬起来，天哪，原来受了重伤：脸上有几道抓伤，血迹将毛发都粘住了；耳朵被撕开一个豁口，耳尖上的毛发也扯光了。我吸着冷气，想过去抱它，它却躲开了。

外祖母站在了门口，阻止了我。她说："它长大了，我们帮不了它。"

寒 秋

深秋来到了。林子里开始铺满五颜六色的落叶。一早一晚真冷。所有的野果都熟透了，有的跌落地上，有的在树杈上裂开，甜汁流出来。天越来越冷，北风阵阵变大，有的树叶没有吹落，却变得红彤彤的。这时候的林子比任何一个季节都有意思，主要是好吃的东西多了。我和壮壮每天都像过节，多半天在林子里窜，不到一个钟头嘴巴就成了紫红色，都是野果染成的。我们当然要领上小獾胡，但它总是跑到一边忙自己的事情，因为对野果之类不感兴趣。我们各自忙碌，说不定什么时候它就会从密密的灌木中跳出来，猛地抱住我们的腿。

老广比我们还要高兴，对采药人来说，这才是最好的季节。他天天要钻到林子深处，如果碰到我们俩，就会从衣兜里掏出一些古怪物件：一只小鸟，一只螃蟹，一只杏子那么大的小刺猬，甚至是比拳头还要小的野兔。所有这些在我们眼里都是真正的宝贝，让人高兴得喊起来。它们太可爱了，如果不是在近处细细看过，就不会明白它们好到什么地步。眼睛，爪子，小身体，让人看了又爱又疼，忍不住伸手去摸。老广说："不能摸。"那种滋味实在无法忍受，可还是要硬忍。

这些宝贝总的来说最后不会属于我。因为有小獾胡，所以不能把它们带回家里。它太好奇了，会不停地与它们玩，结果不长时间就把它们累个半死。有的真的累死了，那可糟透了。所以说这时候最高兴的是壮壮，他可以把它们带回家去，向爷爷炫耀一番。我见过他爷爷，最能喝酒，也最爱动物，还养了一只护园狗。

小獾胡长得更大了，这个秋天常常离开我。它像一个大人那样在林子里独来独往，有时候离我很近了还故意不声不响，从几尺远的地方大摇大摆地走过去。天更冷了，早晨，草芒上有了一层白霜。小獾胡好像要抓紧这最后的好日子玩个痛快，半夜出门，天亮不归。外祖母还是重复那句话："它长大了。"

有一天，接近中午的时候，外祖母正在准备午饭，我在小院里玩。突然，我听到了一声枪响，好像离我们屋子不远。"肯定是猎人！"我心里喊了一句，飞快跑了出去。刚跑出不远，身后的门响了一下，外祖母也出来了。我们穿过几棵大杨树、一片柳树和黑松，脚步一点点慢下来。我们都不再往前。就在十几步远处，一个矮矮的黑家伙正端着枪，向上方瞄准。我的心狂跳起来，天哪，这是"黑煞"。我顺着他举枪的方向看去，一眼看到了大合欢树上有个黑影在跳，"啊，小獾胡！"

我大喊了一声，"黑煞"的枪也响了。

外祖母惊得嘴巴大张，仰脸看树，口吃一样叫着："啊啊，是你啊，你啊！"她回头盯着"黑煞"："你刚才打的不是野物，是我家的猫呀！"

我喊："是小獾胡！"

"黑煞"手提着那把还在冒烟的鸡捣米枪走过来，看看外祖母，一溜板牙扣住下唇，凶极了："我打的是一只野狸子！"又转向我："要不是你喊，我就把它拿了！"他破口大骂。我一颗心怦怦跳，只不甘示弱，迎着他喊："你不能打我们的猫！"

他不理我，死死盯住外祖母。这样盯了一会儿，他大声吆喝起来："立正！"

外祖母像没有听到，还是重复那句话："是我家的猫呀！"

他又喊一遍："立正！"外祖母还是没有反应。他上前一步，伸手戳了一下外祖母的肩膀，大喝："我的话听见没？听见没？"

外祖母冷着脸："我只告诉你，那是我们家的猫。你还是高抬贵手放了它吧，林子里野物很多，你打猎就是了。"

"黑煞"怒喝："我要的就是这只狸子！"他眯着眼往树梢上瞟，手里的枪指指点点，然后瞄准外祖母："听好了，我今冬要戴一顶野狸子帽，这事就交给你了。不出半月，我找你要这只狸子。"

泣 哭

就像做了一个噩梦。我以前也做过吓人的梦，幸亏它
们都不是真的。可这一回是真的。这天中午，外祖母回到
屋里没做别的，只坐在炕上出神。我吓坏了，为自己壮胆，
也安慰她："他永远打不到小獾胡！"她摇头："孩子，
它遇上'黑煞'了。"

我哭喊出来："他打不到！"

"我怕它凶多吉少，孩子。"外祖母好不容易才止住
泪水。我很少见她哭泣，一年里都没有流过一次泪水。可
是那个"黑煞"让她急成这样。我明白，那个恶毒的家伙
是最可怕的。谁都知道，海边这一带没有不怕"黑煞"的，
他比传说中的"悍妖"还要吓人。

"怎么办哪？"外祖母小声咕哝，在屋里走着。她的
背驼得厉害，皱着眉头，望着窗户。

傍晚，妈妈回家了。她进门看一眼外祖母就知道出了
事，把我引开一点才问。我从头至尾说了一遍，鼻子发酸，

但忍住了。妈妈没有作声，四处看着，在找小獾胡。我说它大半时间都在林子里玩，回家的时间越来越少了。妈妈有些慌乱，大口呼吸着。我的泪水流出来，这让自己觉得很丢人。我说："我要有一支枪，我要爬到树上等'黑煞'！"

整整一夜，直到黎明，小獾胡都没有回来。我们除了害怕它在林子里被那个恶魔遇到，不再怕别的。它到底有多么机灵，只有我知道。它不怕"悍妖"，就不会怕"黑煞"。外祖母看着漆黑的夜色说："小獾胡啊，你就别回家吧，就像孩子他爸一样，半年回来看我们一眼就行了。"

妈妈一声不吭。外祖母一遍遍说着，脸仰着，就像祷告。

第二天夜里我怎么也睡不着。凌晨时分，梦到一只手在摇动我的肩膀，然后就醒了。是痒痒的感觉，啊，是小獾胡。我一把搂住它，泪水哗一下流出来。外祖母和妈妈也醒来了，她们细细地看它，好像分别了许久。妈妈一下下揩着它的脸，细声细气地说："你做得对，以后就夜里来家吧，这样平安。"外祖母马上赞同："对，你就半夜里回家吧。"

小獾胡分别挨近我们，伸头蹭着，舔我们的手和脸。妈妈也流出了泪水。她一哭，我和外祖母都忍不住了。

"听明白了？好孩子再听一遍，记住！"妈妈把嘴对在它的耳边，声音不大，一个字一个字说着。

迷 路

　　林子里，除了松树和石楠、龙柏、女贞，其他树木都落光了叶子。往年的这个时候外祖母多半天都待在外面，回家时就带回一些野果，有软枣、核桃、柿子，还有从柳树半腰采下的金色蘑菇，从沙子里掘出的香蒲根。妈妈说："有你姥姥在，我们就有口福了。"是的，我们的屋后有一个很深的地窖，那里总是放了许多好吃的美味：野蒜、果酱、冬枣，还有成串的好东西挂在墙上、搁在地上。可是今年秋天她几乎不太出门了。

　　小獾胡回家的次数越来越少。外祖母说："它真是个懂事的猫，看看，它在躲着那个人！"我如果一连几天没有看到它，就会忍不住去林子里找。我心里又急又怕，有时要跑很远的路，远远超出了外祖母为我划定的范围。走在林子里，一只孤单的大鸟蹲在树梢上，也让我想起小獾胡。我多想放开喉咙呼喊，却不敢出声。偶尔会遇到一个采药的、从海边上走来的打鱼人、扛枪的猎人。我恨猎人。

有一天，我在一棵碧绿的石楠树下发现了一个草窝，心里一动：会不会是小獾胡筑起的新家？我在窝旁蹲了很久，一直没有看到它的影子。后来我不知去了那棵石楠树下多少次，终于看到里面躺卧了什么，但不是小獾胡，而是一只黑色的大野猫。它见了我立刻站起来，黄色的大眼睛一直盯过来，并没有跑开。我问："大猫，见过小獾胡吗？"它抿抿嘴走开了，在离我十几米远处回头，看了很长时间。

我一直在林子里走着，从上午走到黄昏，什么都忘了。我沮丧极了，因为这么久没有见到小獾胡，以前从未有过。我胡思乱想起来，想到了最坏的结局，就是那个"黑煞"用手里的鸡搗米射中了它。我更加不顾一切地寻觅起来，直到发现自己迷了路。但我现在什么都不怕，不怕妖怪，也不怕"黑煞"。

我看看西沉的太阳，尽力辨别方向，然后往前走。可是我对这片林子一点把握都没有。以前听老广说过，迷路的时候要找路径，一是看太阳的位置，再就是看树木的样子：树冠突出的一面就是南或东南，包括树干斜向的一面。我想起了他的话，可越是端详这些大树就越是糊涂，因为"南或东南"本来就有两种可能，而只要走偏一点就找不到茅屋了。我开始埋怨老广：你教我的办法可真糟啊。我想着别的办法，最后决定爬到一棵最大的树上，说不定能看到我们的家。

我爬到了一棵大橡树上。我看到了很远，可惜四处雾茫茫的，离地很近有一层薄云，就像外祖母过节时摊开的千层饼。我渐渐看到了远处的一溜山影：黑蓝色，在薄云下边。啊，那就是南边，是爸爸凿山的地方。

我从树上下来，开始往山影的方向走去，这也是茅屋的方向。我快步走着，不时绕开大片灌木。当我从一大丛柳棵前走过时，突然看到了一簇苫草在摇动，接着看到了什么在蹿动。我想到的是一只野兔，但它没有吓得逃开，而是往跟前跑来。老天，是它啊，是我们的小獾胡！它踮着快步，霞光照在脸上，笑吟吟的。我"哎哟"一声，弯腰紧紧地搂住了它。

小獾胡在我怀中待了片刻，挣出来。它围着我徘徊，进两步退两步，像是最后才打定了主意似的，挨紧了我。我抱住它，闭上眼睛。它身上被太阳烘烤了一天，散发出香喷喷的干草味儿。它用小鼻子顶住我的脸颊，显然是亲我。

天完全黑下来。林子里的夜晚原来是这样，当什么都看不清的时候，各种声音会这样多。那不是鸟的叫声，也不是我熟悉的一些动物，而是说不清的一些响动。海浪在不远处噗噗拍打沙岸，节奏分明。脚边有沙沙的细小的响声，这让小獾胡警觉起来。

我们不再说话，只是贴紧了。夜越来越深，该回家了。我一直抱紧它往前走，这样走了一会儿，它开始拒绝。没有办法，我只好把它放下。它很快消失在夜色里。我抬头辨别方向，发现自己再次迷路了。乌黑的林子啊，我不知该往哪里走，深一脚浅一脚，但一点都不害怕。

天蒙蒙亮时，我终于摸到了栅栏门。外祖母见到我立刻搂住了叫着："我真害怕！孩子可算回了！"

第二天上午，我又一次被尖利的枪声惊醒了。我跑出去时，外祖母已经奔出了小院。东墙外的大李子树下站着一个人，就是"黑煞"，手里的枪正冒着烟。原来这次他没打什么，而是故意开枪威吓我们。他一见外祖母就怒冲冲地喊："给我拿来！"

外祖母问："拿来什么？"

"那只野狸子！"他把枪抬起来，对外祖母指指点点，叫着："你装什么糊涂？你敢骗我？嗯？拿来！"

我真想变成小獾胡，扑过去，咬他的脖子，让他流血。

外祖母的手揪紧了我，大声说："它不在了，被你那一枪吓跑了！"

"黑煞"跺脚，骂，用枪拨开我们，往小院走去。他进院后四处瞥着，随时都会开枪。幸亏小獾胡不在。

"黑煞"将小屋的每一个角落都找遍了，恨恨地说："再说一遍，冬天眼看到了，我要戴野狸子帽！"

分别之日

落雪前我又去林子里找过几次小獾胡，都没有见到。我不知道它在野外怎么办，总想着它瑟瑟发抖的样子。下了第一场雪，浅浅的，天冷得出奇。我踏着雪去林子里，直接去那棵石楠树下。那个大窝还在，可是又一次换了主人：我刚挨近，一只大野鸡费力地挪蹭出来，快跑几步，笨重地飞走了。

见不到小獾胡了。外祖母说："它真是听懂了我们的话，跑到了外乡。""外乡是哪里？""外乡就是河西，那里林子更大。"我马上想起了小獾胡的外祖母，就说：

"老广说的那只豹猫就是河西来的，小獾胡找它了，是它的外孙。"外祖母点头："真是这样该多好。"

一天半夜，突然有人猛烈地敲门。外祖母披上衣服问："谁呀？"外面的人还是敲个不停。外祖母再问，外面的人没好声气地说："问什么？打开就是！"

开门后，进来一个背了猎枪的人。外祖母发出"啊"的一声，退开一步。背枪人后边走出了另一个人，是"黑煞"。他咬着下唇，背着手，不看我和外祖母，只大声叫着："给我搜，见了狸子立马开火！"背枪的人说："是啦！"

他们寻遍了每一个地方。一无所获。"黑煞"一手提枪，一手指着自己的脑瓜，一对板牙扣紧下唇，对外祖母说："天这么冷，我头上没有野狸子帽怎么过冬？嗯？"

他们满地乱吐，走了。外祖母身上打颤。我扶住她。

从这以后，外祖母常常在黎明前醒来，一坐起就盯着窗户念叨："小獾胡啊，千万不要回家，千万不要！"就在这念叨声里，奇怪的事情发生了：一个黎明，小獾胡竟然回家了。我高兴得跳起来，外祖母双泪长流，搂住它叫着："好孩子啊，你让我等得好苦！我还以为你去了外乡。瘦了，我的小獾胡！"她的脸贴紧了它，闭上了眼睛。我发现小獾胡像她一样紧闭双眼，一动不动。以前它从来没有这样过。

这个早晨，我们把好吃的东西都找出来，可是小獾胡一口没吃。它在外祖母旁边躺了一会儿，又偎到身上，打着呼噜。这样一直待到半上午时分，它才吃了一点东西。

中午了，小獾胡站在窗台上，看着外面的阳光，又回头看着我们。它在屋内屋外望了一会儿，徘徊着，向门口走去。它出了小院。我喊了一声，外祖母阻止了我。

我们站在门口目送它，直到它消失在林子里。

从那以后，小獾胡再也没有回来。那个黎明竟是我们与它的最后一面。尽管日后我多次去林子，从冬天到春天，再到夏天，从没见到它的影子。我对外祖母说："这次它真的去了外乡。"外祖母低声说："去吧，我们这样的人家本不该收养它啊！"

又是一个春天。海滩上的洋槐花全开了，香得让人受不了。黄色紫色和蓝色的花铺满了草地。云雀在天上欢叫，壮壮和我在林子里游荡，但就是高兴不起来。他看一眼天上的云雀，又低头看脚下。我们遇到了一只小兔子，我将它揣在怀里带回家。就像对待刚进门的小獾胡一样，喂它最好的东西，可它就是不吃。外祖母说："放回林子吧，它想妈妈。"我虽然舍不得，还是把它放回了林子深处。

妈妈回家时为我捎回一只小刺猬，我喂它窝窝，它不吃。芋头、红薯、红枣、白菜、花生、栗子、山楂，它都不吃。外祖母说："别难为它了，它喜欢林子。"我只好忍痛将它放掉了。可我真是喜欢啊，忘不了它长长的猪一样的嘴巴、金色的眼睫毛、颌下细细的绒毛，还有长了五根手指的小巴掌。

我还在想小獾胡。与它分别的日子里，我总想找一个类似的新朋友。我发现没有它们，日子真的难过。这是一种特殊的孤寂，再加上想念爸爸妈妈，难过得要命。这难过不在心口那儿，而在嗓子下边一点。真不好受。

就为了抵挡这想念，我试着养过一只大蚂蚱、一只螳螂、一只红点颏、一只青蛙、一条黑鱼、两只麻雀。可是后来还是放掉了。因为它们在家里同样不愉快。外祖母说："它们与你没有共同语言。"这个我不同意，我问："小獾胡有吗？"她点头："是的，有心语。""什么是'心语'？""就是心里边的话，装在心里，这就够了。"

心 语

几十年过去了，我忘掉了许多事，可就是没有忘记外祖母说过的那个词："心语。"随着年龄的增长，我更加明白了它的意思，也知道"心语"在人的一生中有多么重要。这种语言许多时候比说出来的话分量更重，很重很重。"心语"需要好好听，需要一副特殊的耳朵，不，它需要用心去听。

人和动物之间，人和人之间，常常要通过这一特异的语言去沟通。

我们爱一个人，有时说不出，就使用"心语"。对方听到了，也回以"心语"。说出来的话会和"心语"不一样，所以常常要以"心语"为准。就由于"心语"的存在，许多爱就发生了，想挡都挡不住。有一个好朋友告诉我：他年轻时真是爱一个姑娘啊，可是因为爱得太深，见了面反而说不出，憋得脸红脖子粗，后来只能用"心语"。结果对方是一个不擅长听"心语"的人，最后就把一生的大事给耽误了。他说：其实对方也是爱他的，只是不好意思说，后来都分别有了家庭，这才变得大咧咧的，说出了当年的误会。"你看，生生耽误了这么大的事。"

我对孩子说："我们的融融虽然不会说话，但我能听懂它的'心语'。""那当然了，它的眼睛会说话。"我想说："是的，但我这里指的是另一种说话方式，那是源于心的深处。"我没有说出来。

融融在我们家里已经过了周岁生日，个子更大了，称一下体重，已经超过了十斤。我兴奋无比，后来就干脆叫它"十斤大融"了。它对这个增加了修饰词的新名似乎不太习惯，瞥我一眼，好像在问："发生了什么情况？"我刮刮它的鼻子："夸你呢！"

我觉得家里自从有了这个特别的成员，就开始发生某种变化。这是一种难言的化学变化：一种特别的安定和安慰感，信任感，慢慢出现并日益增加。若有若无的空荡荡的感觉，偶然出现的急切，似乎都在消失；孤独，这种所有人都无法根治的现代病，携带终生的疾病，在我们这里得到了有效的遏制，甚至可以说被治愈了大半。

当我就近看着它蔚蓝的眼睛，当我握住它软软的小手，当我碰到它圆圆的精致的小鼻子，我只能说，一颗心已经在融化的边缘。融融是一切美的叠加，是我愿意说出的为数不多的完美的代名词。我们将为它付出更多。可我们暂时还没有机会为它做太多的事。我们和它一定是彼此需要的，弄懂这个也并不容易。它似乎没有做什么，整日清闲，却在为我们做更大更多的事情，而这些事情，都是我们自己难以完成的。

外地朋友养了三只猫，他发来它们安闲休息的几张照片，附言说："它们平时就这样，什么事也不管。"我不知道他想让它们管什么事。看它们闲适的样子，真的有些懒洋洋的。我想着他的话，稍稍总结了一下融融，然后如实回道："我们融融不是这样，它负责总的观察。"

我这样说是有根据的。因为它每天在家里走动数次，像散步也像巡视。它要走遍每个角落，认真看过之后才作罢。至少到现在，它已经帮我们办了几件大事：两次忘了带大门钥匙，正在焦烦之时，是它从里面为我们打开；三次疏忽了放过滤水的龙头，是它赶来提醒我们，从而避免了三场水漫。还有几次厨房里的小失误，也都是它首先发现并及时呼叫我们。平时门铃响、电话铃响，都是它最先做出反应，起而立行，在前面引导。

但我想说的并不是这些。因为所有能够说清的、近在眼前的现实生活的助益都不是最重要的。它是一个不可缺失的生命参照，让我们想到这个世界上更多的生命，它们既与我们不同，又是何等相似。正是这种不同生命的结伴而行，使我们稍稍放心了一些。世界太大了，未知太多了，我们和它们在一起，彼此对视，就是最大的相互关照。当我们望向它们陌生而又熟悉的眼睛时，觉得这一对心灵的窗户是那么明亮、深邃和遥远，它通向的才是真正的远方。那个远方有什么？是期待还是应许？我们不能一一回答，那就留下这些神秘的问询，慢慢理解和领悟吧。

生命都是有责任的。我们自己常常谈论责任，而动物，比如猫，它们不会。但它们也摆脱不了责任，因为凡是生命都没有例外。但是它们真正的责任往往是隐而不彰的。在农村小院里，一只猫的职责会被告知：好好捕鼠。城里的猫大半没有这种紧迫的任务，可是它仍然有自己的责任，那就是按照它自己的方式存在。这如同人的最大责任，就是活得更像一个人的道理一样。

我爱融融许多的姿态、许多的时刻，但我最爱它独自思索的模样。这时候我好像听到了它的心语："请暂时不要打扰我，我需要想一些很重要的事情。"

思 想

　　人和它有一点是相同的，就是想事情的时候不愿被打扰。我们知道，人和人最大的不同，就是思想能力的不同。这种能力的大小，可以从不受打扰的时间多少去判断。有的人非常善于思考，所以会长时间待在一个安静的地方，有自己独处的空间。而有的人很少这样，总是和许多人待在一起，吵吵闹闹的。有个十六世纪的法国人叫蒙田，他因为需要集中思考很多问题，一般的时间和空间已不够用，就专门垒了一座古堡，将自己囚禁起来，绝不出门。他一口气自我囚禁了十年，然后才走出古堡。这十年中，他考虑了许多重要的问题，并获得了明晰准确的答案。

　　在我所见过的动物中，猫无疑是最善于思考的，这个大概是不争的事实。它们为了找到足够的时间和空间进行思考，可以说用尽了办法，有时不得不在主人家里东躲西藏。它们除去睡眠，大量时间都用来思考。越是优秀的猫，越是长于独处。融融思考时当然要避开打扰，并且会因为思考的深度而不断变换姿势：一般的思考是偏卧，再认真一点就要伏卧；最严肃的时刻，它一定要端坐。当它昂首挺胸坐在那里，两只前爪立定，眯上眼睛或定定地望着一个方向，那就是十分投入地思想，想一些十分重大的事情了。

我们会想象一下它平时想些什么，通常这是让人好奇的。进入它脑海的内容可能是十分繁杂的，它经历的事情，它想象的事情，会纷至沓来。比如它会想念双亲和兄妹，想小时候的事情，某些印象和场景会往复闪回。它会难过，怀念和留恋。因为它再也见不到它们，这是任何生命都要面对的痛楚和缺憾。人的自私和粗暴专横，对一个异类造成的伤害是不可弥补的。各种美食和玩具，优厚的物质条件，也许都不足以抵消它们的痛苦。有人可能认为动物们是没有精神的，这种认识多么粗陋，甚至是残忍的缘起和由来。它们不仅有精神，而且观察下来，在某些方面、某个单项，很可能还要优于人类。它们的单纯和专一，忠诚和质朴，许多人都有深刻的感受，并时常被打动。

"它会想起许多，从记事起的所有经历，一幕一幕，就像做梦一样。它在自己力所能及的范围里，想着该做什么、不该做什么。"我对来访的朋友说。"会有这么复杂？""凡是生命，都面临类似的问题。我们也一样。"
我这样推断。朋友叹气："它想那么多，也无法告诉我们，
真可怜啊。""是的，我们也一样。我们想得也很多，可
是也没法告诉别人。我们大多数的想法都只能留在心里，
这和融融是一样的。我们想的许多事情好像也没用，但
还是要想。看来人只要活着，就要想。""'我思故我
在'？""是的，对应一下，就是'猫思故猫在'。"

　　"你现在正思考什么？能告诉我吗？"融融的眼睛转
过来，好像在向我发问。

　　我在心里回答它："哦，我又想到了那座茅屋，我们家，
我小时候。我在想小獾胡离开后，我们家养过的所有动物。
它们很多，我说过，都因为各种原因先后离开了。在许多
时候，人是没有能力保护它们的，根本无法尽到自己的责
任。既然这样，那为什么还要把它们弄到身边来？因为自
私？当然。可是我要说的是，一切还没有这样简单，这其
中更重要的，还是因为爱。这不是一般的爱，而是难以
忍受、日思夜想，非要和它们在一起、非要相守和厮磨不
可的那种欲望。当这种心情变得越来越急切的时候，就再
也无法阻止了，就会去找它们、抱它们。当时，就因为这
些复杂的原因，我才犯下一个个不可饶恕的错误。"

它听不到我的声音，但这目光却送来一种抚慰，好像在说："我听着呢，我想它们不会责怪你的。"我低下头，不敢迎视这眼睛。我一直觉得、仿佛觉得，它知道它们，它就是它们派出的一个代表。尽管这样，我知道自己要讲的，像小獾胡的故事后半部分，是最不适合融融听的。是的，最后我只能说给家人和自己。我即便不讲，也会一遍遍想起那些往事，不想是不可能的。有时候我正在做一件事情，可是不知怎么就出神了，定定地望着一个方向，这姿势和融融是一样的。是的，我在思考。我思考的时候也不想让人打扰。

无边无际的思考让人疲惫，可是没法停下来。我当然知道，自己的许多思考都是无用的，但也像一只猫那样，思想本身是无法终止的。

小香狗

我在想自己拥有过的那些动物朋友、与它们朝夕相处的日子。最让我受不了的是那一双双眼睛，那么明亮、聪明、智慧、纯洁。主要是纯洁。那是没有一丝杂质的眸子透出的。这世上的人，他们的心灵之窗，如果有动物投向世间的那种清洁和透澈，就一定是最了不起的。当然凡是一个生命，他（它）的目光也不可能尽是如此，要看不同的时刻和场景。有时会悲伤、痛苦和疑惑，甚至是恐惧。但就动物们来说，除了个别攫取和掠夺的凶兽，它们的目光总是少有狡黠。它们中的大多数，都是我们无害有益的朋友。

我没有见过海边人常常说到的妖怪，不知道它们的眼睛是怎样的。奇怪的是，我想象中的妖怪们除了令人害怕，却也未必可恨。我听说妖怪当中，残忍的只是极少数"悍妖"，一般的妖怪不过是喜欢恶作剧，逗弄人，而且大多是因为不知道这种行为的严重性，才酿成了大祸。妖怪们十有八九是有趣的家伙，用书上的话说，个个都很幽默。

痛失小獾胡之后，我像掉了魂魄的人，整日在林子里游荡，连好朋友壮壮都无法劝解。我故意走向林子深处，不把外祖母的警告当一回事。这时心里有一股倔劲儿，就是什么都不在乎；我还想过，如果自己有一支枪，在林子里遇到"黑煞"，真的会跟他开火。

有一天壮壮告诉我，他爷爷的一个朋友看管一个小葡萄园，那里养了一条狗，刚刚生了一窝小狗。"它们一共三只，俊得呀！"壮壮喊着。我们毫无耽搁地上路，一口气穿过了大片林子。啊，真的有个小园子，葡萄收过了，有零星的小穗子还挂在架子上。一进园子，壮壮就很在行地寻找紫色的葡萄，不停地往嘴里填。我也吃了一些，甜极了。我们吃了很多葡萄，直到不远处响起了狗叫声，我们才迎着声音跑去。

看园人的小屋前有一只大狗，鼓着嘴巴看我们。它认识壮壮，尾巴摇着。壮壮喊它的名字："双双。"我这样喊时，它看看我，甩甩头："哼也。"壮壮抚摸它，它高兴得飞快踏动前爪。一个老人从屋里出来，壮壮说，"看小狗看小狗"，说着直接往双双的窝里拱，身子还没有进去，一个大绒球就滚出来了。我惊呆了：天哪，这么漂亮的小胖狗。

原来只有这一只了，另外两只已经被园艺场的人领养了。老人说这只太好了，"谁也不送了，舍不得"。

我和壮壮盯着小花狗，一声不吭。它身上是白底儿，一个个深棕色的斑块，看上去像一朵朵大花。它快活极了，一直在扭动，在笑，前爪笨拙地抬动。"这是我的小老虎，"老人抱起它，蹭着它的鼻子，"它有一股香气！"我和壮壮马上挤过去嗅，啊，真的，那香味就像刚刚变红的苹果。

壮壮问："这是怎么回事？"

老人绷起嘴巴："怎么回事？告诉你吧，一千个狗里面才有一只这样的，小香狗。"

我和壮壮再次拥上去嗅。真的啊，一股香味时浓时淡。我们争着抱它，嗅它。它在怀中乱扭。老人说："花虎儿，对两个小哥哥好些，他们喜欢你哩！"它看看老人，舔着嘴唇，只安静了一秒，又扭动起来。

犯　错

从小葡萄园回来后，我的脑子里总是闪跳着那个"花虎"，无心做什么。夜里梦见它躺在我们炕上，像小獾胡一样。我白天最想做的一件事就是去那个小葡萄园。我和壮壮一起，或自己，在园子里一待就是一天。老人说："管你们饭倒是小事，家里人会骂我哩。"他这样咕哝，我们像没有听见。"花虎"长得真快，转眼成了一尺多长，还是圆滚滚的，而且比过去更可爱了。老人将一个鸡蛋放远一点，说："给我拾了来。"它欣欣走去，小心翼翼地张大嘴巴含住鸡蛋，叼到老人跟前，并特意把头贴紧地面，一点一点松开嘴巴。鸡蛋完好无损。

老人的每一句话它似乎都懂，说一句"握手"，它马上把前爪放到手里，接受一下下拉动；说一句"立定"，它立即表情肃穆地前爪并拢；说一声"向右看齐"，它就昂头挺胸，把脸向右边一甩。我和壮壮拍手，拥住它，将它毛茸茸的额头贴在脸上。这样一声不吭地拥紧，直到它受不了，从怀中费力地挣出。

天黑了才不得不离开。回去的路上，我们都在想怎样将"花虎"领回家去。"我们央求老人看看，实在不行，再想法把它偷走。"壮壮说。我还没有想好，只知道一定要得到它。壮壮挠着头，眨着大眼："爷爷那儿有酒，偷些酒给他，他一高兴，说不定就能把'花虎'给咱！"我的眼睛一亮，觉得真是这个道理。壮壮好样的。

我们说办就办。第二天壮壮偷了一些酒，用一个葫芦装了，一起去小葡萄园。老人没有打开葫芦塞子就知道是酒，欢天喜地搂在怀里："我没看走眼，真是两个好孩子啊！"说完打开塞子灌下一口，凝凝神："酒不孬！"他一连喝了好几口，把葫芦揣进怀里，咕哝着："好东西也莫要一口吞呀。"

他尽管这样说，还要时不时饮一口，不到中午舌头就有些大了。我和壮壮笑了。他走路摇晃时，我们就提出了领走"花虎"的要求。老人的眼睛立刻变得尖利利的，脸一板："那不中！"

我们无精打采地从小葡萄园回来了。壮壮说："完了，酒都不管事儿，就什么办法都没了。爷爷说那人是个酒鬼，喝了这么多酒还不答应，大概不成了。"我一路没有吭声，在想办法。一路没有想出来，回家接着想，直到半夜还是没有想出。

这样过去几天，我们再也忍不住，又去了小葡萄园。老人见了我们神情振作了一下，但很快又不愿说话了。我们知道那是因为缺酒的缘故，不理他，只和"花虎"玩，轮流抱它。它几乎一个钟头里没能四爪沾地，哼哼着，看着老人。老人抱怨："喜欢，也不能这么玩吧？"我们还是不放手。老人看看远处，搓一下胡子，突然问："还能拿些酒来？"壮壮说："能。不过爷爷发现了会打我的。"老人看着一个方向，那是壮壮爷爷的园子。这样待了一会儿，老人说："这么着，你们要能找些酒来，就把'花虎'抱走几天；找不来，再别来了。"

我看了一眼壮壮，在心里说："多么狡猾啊，这一招真绝！"壮壮皱着眉头，哭丧着脸："你就是让我们去偷呗！"

老人脸上有了一点笑容："那我不管。"

我和壮壮去葡萄架下商量了一会儿，回头对他提出一个条件：如果我们能带来一些酒，那么"花虎"就得长时间和我们在一起。他不吭声，我就说："快答应了吧，你已经有了一个双双。"老人犹豫了一会儿，咬咬牙说："那就这么办吧！哎呀，哎呀！"他像肚子痛似的，哼了起来。

接下来就看壮壮的了。日子一天天过去，一个星期后，壮壮两手背在身后，表情十分严肃，我知道得手了。果然，他转过身，倒背的手中有一个大酒葫芦。

这事儿真是棒极了。

小葡萄园里的交换总算顺利：老人接过酒，把"花虎"交给我们。他擦眼抹泪的，将葫芦对在嘴上饮了一口，说："你俩待它有一点不好，会遭雷劈的。"我吓得伸舌头。壮壮说："嗯，遭雷劈。"

我们那会儿一点都不敢拖延，抱着"花虎"就跑。我们一阵风似的穿过一片林子，大口喘着闯进小院，一进门就大呼小叫。外祖母惊奇地从屋里出来，当她发现了我怀中的小家伙时，嘴巴再也合不拢。她抚摸它，亲它的额头，连连说："天哪，我从来没见过这么俊的，从来没有。""花虎"被放在了地上，奇怪到极点的是，它竟然对这里没有多少陌生感，转了一圈，然后径直站到了外祖母跟前，仰脸看着，尾巴轻轻摇动。

夜里，我们把它放到炕上，让它在枕边躺下。外祖母的手一直抚在它的身上。大约是半夜了，我们都没有睡。她翻个身，悄声说了一句："孩子，你又犯了一个大错。"

别无他法

在第一缕霞光里，外祖母扫着小院，"花虎"扭动着走近，她就抱起来。她看着它的眼睛，竟然像我和壮壮做过的那样，贴近它的鼻子长长地吸气："真香。"她长时间盯着它，抚摸，放到地上，咕哝："你是一个小花孩儿，你是咱们家一朵会跑的花儿啊！"它和她对视，长时间一动不动。最后外祖母被这副认真的样子逗笑了，不顾一切地将它再次抱到怀里，摇晃着，眯着眼："真是一点办法都没有。好孩子！"她的声音越来越小，最后不再出声，长时间闭着眼睛。

我害怕她说出什么，害怕一个不可接受的决定。我知道她在想什么。她总是想小獾胡，夜里睡不着，坐起来，看着窗外的一天星星说："我们连自己都难保平安，还怎么敢收养你！不敢了，不敢了。"

"花虎"去一边玩时，外祖母把我引到屋里。她细细地了解有关"花虎"的各种事情、那个小葡萄园和那个老人。她不再说什么，神色低沉，这让我害怕了。她拉住我的手："孩子，咱们再喜欢它几天，就送回吧。"我最担心的就是这句话。我怕她做出了一个决定，就很难更改。我转过身，不想让她看到自己哭出来。我险些放声大哭。她肯定是整整想了好几天，才说出今天的这个决定。我央求："就养一个星期，不，十天。"

她没有说什么，到院里去了。大概她在心里认可了。

我抓紧时间和"花虎"在一起。我故意让它离外祖母很近，让她闻到它的香味。她常常忍不住接到怀里，脸对脸看着。这时她的神情是严肃的。它一潭清水似的眼睛里有什么在闪烁，突然，两只前爪举起，一下抱住了她的脖子。外祖母眯上眼，足足有好几分钟。她和它一块儿晃动着，眯着眼。

十天快要过去。想一想送走它的日子，这座小院会多么空荡。壮壮每天都来，告诉一些事：小葡萄园里的老人一喝上酒就忘了别的，这小家伙差不多就是我们的了。我没有说外祖母的决定，只是看着它。它偶尔出神，向着东北方向走几步，然后停住。壮壮对它细声细气地说："这是你的家。你知道长大了总要离开妈妈，不是吗？"

第九天的时候，我和"花虎"去林子里走了很久。我们沿着当年和小獾胡走过的路线往前。它不时低头嗅着，然后仰脸看我。我听说它们有一个最大的本事，只要嗅一下，就能得知这里发生的故事。如果真的这么神奇，那么它的眼前就会出现一只可爱的猫、一个人。可是这林子里来来往往的各种动物和人太多了，它心里能装得下这么多故事吗？在那棵浓旺的石楠树下，我再次看到了那个破旧的草窝，已经没有任何主人。它坐在草窝旁嗅着，沉思着，神情凝重。

回家时已近黄昏。饭的香味弥漫了整个小院。"花虎"还没有进门就卷着小舌头，一阵小跑走在前边。它已经把这里当成了自己的家。它顶开小栅栏门，无比惊讶地看着从屋里走出的人：妈妈。我大步跑过去。妈妈一手揽住我，一手将挨近的小家伙拥在怀中。它舔妈妈的手，整个身体拧成了花，仿佛早就是老朋友了。我让它做一些娴熟的事情：握手、站立和跳跃、取物。妈妈简直不敢相信自己的眼睛："啊，它太聪明了！"

我对妈妈说出了外祖母那个令人痛苦的决定，她没有说什么。好像她已经知道了这件事。我说："我和壮壮会经常送它去葡萄园，就算我们和那个老人一起养的，这总可以了吧？"这个理由是我在林子里想出来的，也是最后的办法了。我希望妈妈能帮助我。我一再重复，她说："让我们试试看。"

这天夜晚月亮很大。我们就像过中秋节一样，在小院里摆上木桌。"花虎"像大家一样，也在桌旁占据了一个位置，而且坐得很直。妈妈对外祖母说："它的餐具在哪？"还没等她开口，我就把屋角的一个陶碗和瓷碟取来，放在它的面前。妈妈给它夹菜，又在另一个钵里添了汤。可它并不用餐，而是等我们端起碗时，才轻轻地舔食钵里的汤。它吃东西的声音这样小。外祖母在妈妈耳旁说："真是一个懂事的孩子。"

晚饭后我们都不想回屋。妈妈每次回家都要讲讲园艺场里的事，然后才是我和外祖母谈家里的事、林子里的事。妈妈趁这时说出了我的主意：与小葡萄园的老人合养"花虎"，这样就是双份的责任了。我灵机一动，插话："还有壮壮，三家一起。"

外祖母比谁都聪明。她未置可否，只微笑着看"花虎"。它并没有离开自己的位置，像一个人那样安坐，听大家说话，眼睛随说话人的改变而移动。它与外祖母对视，那目光终于让她受不了，她只得离开座位将它抱起，像以前那样把下巴抵上它的额头。

妈妈拉着我的手到一边。她看着空中的月亮，说："我们真的没有别的办法，没有。"

蓝色山影

我与"花虎"形影不离的日子开始了。"你俩去哪儿了？""你俩该吃饭了！""你俩别闹了！"这是外祖母挂在嘴边的话，她总是将我们连在一起说事儿。事实上也是如此，因为我们在一起待的时间太长了。除了白天要一块儿玩、干活，夜里还要靠在一起睡觉，就和小獾胡当年一样。外祖母对它心疼却也刻板，常说的一句话就是："猫是炕上物，狗是地上物。"意思是，狗不应该在炕上睡觉。可她尽管这样说，也还是让它蜷在炕上，和我一块儿抚摸它，还像过去那样讲故事。她为了表示自己仍旧是按规矩办事的人，就加一句："它还小。等它长大以后，再到下边睡。"

夜晚变得有趣，变得像一个个节日。因为有了外祖母的故事，就什么都有了。有的故事多少有点重复，我知道这种重复是必需的，因为她还要照顾到刚来的"花虎"。它听得十分专注，没有一次表现出烦腻和走神，总是静静地听着。我如果听到了熟悉的部分，就能提前知道下面的情节，这时就会看一下它的表情，于是看到了一个目不转睛、头稍稍探向前边的故事迷。它听到高兴的地方摇头晃脑，就差没有鼓掌了。我不得不小声问外祖母："难道它真的听懂了？"她反问我一句："你真的听懂了？"我的脸火辣辣的。

外祖母仍然要说到外祖父。那个男人令我着迷，我知道这个人对我异常重要：没有他就没有我。这是我判断对我是否重要的一个简单方法，即推论一下，这个人的存在，能不能决定我的存在。这样推算一下，就能发现许多亲人太重要了。外祖父是一个纯洁而又坚强的男人，无比英俊。外祖母爱着的男人肯定是英俊的。他勇敢、正直、有信仰。最吸引我的还有一件大事儿：他无比喜欢或热爱动物。他喜欢各种动物，简直一点办法都没有。外祖母讲起了一只早产的小羊：外祖父当时正处于十分焦灼的日子，因为他正在为前线抗敌的战士筹措枪支；但即便这样，他还是亲手饲喂那只小羊，怕它冻坏，夜里把它抱到被窝里睡觉。

我听到这里，一转脸，正看到"花虎"亮晶晶的眼睛。我拉近了它，向外祖母申请说："我想亲一下'花虎'。"外祖母马上转身，伸手挡在了我和它之间："使不得！""为什么？"她的手还是挡在那儿："你姥爷那么喜欢它们，但从来没有嘴对嘴亲过。他是医生，知道一个道理，它们的和人的口腔细菌群落不一样，亲了会嗓子痛。""它的小嘴多么干净！"我一点都不信。"那是两回事。孩子，我以前就说过，使不得。"

"使不得"这三个字是她说惯了的，那等于断然否决。我只好放弃了。可我心里痒痒的。我要自己想开一点，找个理由，于是就说："猫和狗的嘴巴一样，闭上很小，张开很大。我亲不动它。"可是我不想告诉她的是，在私下里，无论是以前的小獾胡还是现在的"花虎"，都亲过我的脸。如果恰好在一个非同寻常的时刻，突如其来的一亲会让我流泪，比如我在想爸爸的时候。不过我们真的没有嘴对嘴亲过，因为外祖母总说"使不得"。

白天和它一起去林子里。因为它的陪伴，我可以走到两百米之外。在林隙间的草地上，阳光把它浑身照得亮灿灿的，它仰脸眯眼的模样真是让人受不了。我一凑近，它湿漉漉的鼻头和嘴巴就会印在我的腮部，我赶紧说一句："使不得。"我们比赛跑步，它竟然能像一匹小马那样跳腾，两只耳朵向后贴紧，唰唰冲到了前边。我又和它比赛爬树。这一次它甘拜下风，坐着看我爬上了一棵大杨树。它在下边呼唤，我却被远处那片蓝色的山影迷住了。那是爸爸的大山。

我想象他再次归来的日子，一定该是冬天了。踏着一地银霜或大雪，他走啊走啊，走上两天再加半个夜晚，才能踏进小院。他第一眼看到的会是"花虎"，就像当年看到小獾胡一样。他会抱住它，让它热乎乎的身体温暖自己。我会尽可能让他和它多亲近一会儿。

雨后采菇

夏末雨后，经过一天好阳光，正是采蘑菇的时候。外祖母让我留下看门，然后包上头巾，提上柳篮去林子里了。她要去的地方远不止二百步远，因为她什么都不怕，更没有迷过路。她在这方面比得上采药人老广，胆子和猎人差不多，可以独自一人走穿整片大林子。外祖母心里的故事多，其中有一半是亲身经历的。她叮嘱我几句，就要出门了。"花虎"站在院子当中，看看我又看看她，两只前爪踏动不停。我说："你也去吧，当个警卫。"它听懂了，高兴得跳起来。

她领上它走了。我在门口看着，恨不得追上去。没有办法，必须留在家里。

屋子外边传来一阵阵鸟叫，好像第一次听到这么多的鸟，那真是各种各样，我知道它们大大小小，花花绿绿，在林子里玩得快活极了。我以前问过壮壮，林子里什么鸟飞得最高？他答：云雀。我说错了，是鹰。我又问什么鸟最大？他答：老野鸡。我说错了，是大灰鹳。我见过这种大鸟，它是从北边什么地方路过这里的，站在水渠边上比我还高。我还见过一种有大翎子的红白两色的鸟，还以为是传说中的凤凰呢，急火火地跑回家告诉外祖母，她说是"绶带鸟"。"没有比你姥姥更渊博的人了。"妈妈这样说。外祖母不仅知识多，故事多，还能从林子里带回无数惊喜。她找到的果子、野蜜、光滑的小贝壳，能让人高兴得蹦起来。她有时还能带回一只比毛茸茸的小鸡还要小的鹌鹑，比鸡蛋还要小的刺猬。这些活灵灵的小动物让我忘掉一切，连觉都不想睡了。可惜她帮我把它们喂大之后，就一定要放回林子里。只有一次是个例外，她带回家一只刚长出一层绒毛的小麻雀，一点点养大，可是当我们像过去一样将它放回林子时，它却无论如何不肯：转一圈又飞回来。就这样，这只麻雀一直在小院里进进出出两年多，最后才飞走了。

我正听着鸟儿吵闹，想着一些事情，突然被一声枪响惊到了。我跳起来，跑出院门。枪声又接连响了两次，就在北边不远。我马上想到了外祖母和跟在身边的"花虎"。来了猎人？不过他们只在秋天才到林子里来。我想迎着枪声跑过去，可又不能扔下茅屋。犹豫了一会儿，最后还是无法待在家里。

我把屋门和栅栏门关好，然后向北跑去。再也没有听到枪声。地上真的有了蘑菇，可我无心采它。外祖母要采的是最肥的松蘑或柳菇。一只老獾懒洋洋地从前边的荻草里走过，我喊了一声，它止住了步子，闭一只眼睁一只眼看了看，然后不紧不慢地往前走去了。棕色草兔摇着雪白的尾巴，箭一般射向远处。在一棵老橡树上，我看到了一只打瞌睡的猫头鹰，它银灰色的大脸真好看。我知道这时候它有点傻傻的，但并不想捉弄它。我喜欢它的模样，这一次就近看了一会儿。

我不知道外祖母走到了哪里。老野鸡的叫声好像在发出召唤，我总是不知不觉地迎着它的叫声走去。以前有好多次，我和壮壮试过，只要这样漫无目的地走下去，就会碰见想不到的好运气。比如我们用这样的方法找到过野葡萄、大花红果，还有从未见过的彩色大鸟。老野鸡喊："渴啊！渴啊！"我们听了就觉得口渴，就要不停地摘野果子吃，所以每次从林中出来都染成了紫嘴唇。这样往前走了一会儿，老野鸡的叫声依旧很远，这是它们的魔法。我迎着它喊："渴啊！渴啊！"

正喊着，突然前边的灌木摇晃起来，跳出来的是"花虎"，它飞一样跃出。它扑到我身上，紧紧抱住了我的腰。它不停地亲吻我的脸，我躲闪着，嘴巴还是被它碰到了。它好不容易才安静下来，转身在前边领路，跑远一点又折回来，跳着，欢呼着。

外祖母的花头巾在树隙里闪动。她手中的篮子已经装了满满的大蘑菇，全是金黄色的好东西。我离老远就喊："我听见打枪了！"她看看东北方向，伸手指了一下。我放轻脚步走过去。

原来那会儿她和"花虎"正在低头采蘑菇。"它也是干这个的好手，"她说，"它总是比我早一步发现蘑菇，站在跟前等我去采，有时还会叼过来。"外祖母抚摸着它告诉，"正采着，从那边蹿出几个人，扛着猎枪。他们用枪指着我，指着它，我赶紧护住了它。"外祖母说着，呼吸急促起来。

"怎么回事？"我着急了。

"他们大概是'黑煞'一伙的。好生生的林子啊，被他们糟蹋了。他们骂人，还把我的蘑菇倒在地上，问我刚才看见了什么？我说，看见了蘑菇。他们用脚踩踏蘑菇，就差没有动手打人了。这时候其中的一个往天上一指，那儿飘着一个白东西，他们就迎着它跑去了。他们一直往天上打枪，打了好几枪。"

我愣住了。"花虎"看看外祖母，又看看我。它那会儿肯定吓坏了。我说："也许他们遇到了妖怪？"

"他们胡作非为，可比妖怪坏多了。"外祖母撩起衣襟擦擦脸，准备回家了。

命　令

从那以后，外祖母再也不到林子里采蘑菇了。我们小屋周边也有蘑菇，但不像林子深处那么多。以前我们总是采来很多蘑菇，晒干交给老广，他会带到村子里卖掉，再给我们捎回一些日用品。

天开始凉爽了，秋天快来了。多好的季节啊，外祖母却阻止我和"花虎"去林子里。所有的野果都熟了，许多野物也在等我们，它们已经认识了我和"花虎"，有时候我们正在树下玩，大鸟就故意投下橡子打我们的头，真疼啊。这个秋天就生生被那些打枪的人糟蹋了。老广来过几次，他带来一些吓人的消息，说一声"大婶子啊"，然后就讲海边发生的事情。"'黑煞'和打鱼人干架了，看鱼铺的老头赶去拉架，被'黑煞'一头撞断了好几根肋骨。他那一伙提枪拿棍的，一路喊啊打啊！"

老广讲这些的时候，外祖母就把我和"花虎"支开，说："走去，小孩子家自己玩去。"可我还是听到了不少。我最恨的就是那个又矮又黑的凶神，恨死了他。我常常想起他用枪指着外祖母的样子。

就在老广走后的一天，壮壮爷爷突然浑身大汗跑进了我们小院：他从来不到我们家来，一定是出了什么大事。果然，他说出的话差点把我们吓坏。外祖母张开的嘴巴长时间合不上，有些发呆。壮壮爷爷不得不重复一遍刚才的话：从上边传下来的，说是统一下了打狗令，要在三天内杀掉所有的狗，别人下不得手，"黑煞"那一伙从南边村子开始动手。

我的头蒙了。外祖母声音发抖："那，那你园子里的狗，还有，那个小葡萄园里的狗怎么办？""这是'工作犬'，场里说一个园子留一个。"

外祖母坐在了地上。壮壮爷爷去拉她，没有拉起来。我们一起把她挽起来。"花虎"拱在她的怀里，一动不动。壮壮爷爷盯了它两眼，背过身去。我的头一直蒙着，好像听到林子里全是哭号的声音，仔细听听，又消失了。"怎么办怎么办？"外祖母只低头重复这一句话，一直在说，说个不停。

天黑下来，壮壮爷爷不知什么时候离开了。屋里一点声音都没有，我们都不说话，也忘了做饭和吃饭的事。"怎么办？"这句话钻到了我的心里，在那儿不停地喊叫。快到深夜了，有人推门进来，不是别人，正是小葡萄园的老人。他急急送达的还是同一个消息，说："'黑煞'撒开人马了，估计这两天就会干完。园艺场和林场都接到信了，多余的一条不留。"他说着狠狠点一下头："林场的那个副场长是当过兵的人，他养了两条大黄狗，有人要他除掉一个，他说来吧，谁敢动它们一手指，我立马就把他毙了！他是说到做到的，早年上过战场。"

我对那个场长钦佩到了极点。

老人和外祖母商量各种办法：将"花虎"送到外乡、藏起、找人求情。什么办法都想了一遍，最后觉得全都没用。我哭出了声音，外祖母立刻喝了一声："闭嘴！"我立刻不哭了。她从来没有这样严厉过。"花虎"紧紧伏在她的腿上。夜越来越深了，已经快到凌晨。老人在屋里走着，慢慢转过身说："大婶子，我倒有个主意，也许不太靠谱。你看，是不是带它去河西？谁见了它都得心软！那个场长如果收留了，谁还敢动它？"

我跳起来。外祖母低下头，搂紧了"花虎"。屋里静得吓人。天快亮了。老人还是在屋里走个不停。外祖母开始往头上包那条花巾，又找出一根带子，是牵"花虎"用的。要去河西了，要走很远的路，可再远我们也不怕。她转头看着我，大概想让我留下看家。可我一定要和她一起。她没有说什么。是的，这时候家已经不算什么了。

我们刚要从屋里出来，栅栏门就给啪啦一声撞开，闯进来的是两个男人，一个手提了棒子，一个端了猎枪，是"黑煞"的人。那个提棒子的谁也不看，指着"花虎"对外祖母喊："听说了吧？这是命令！"外祖母用身体挡住瑟瑟发抖的"花虎"，大喊大叫起来。我听不清她在喊什么，只觉得血涌到头顶，返身护住了"花虎"。另一个人把枪端平了，咬牙�’嘴，在我和外祖母之间转着，只想找个机会开火。

外祖母干脆把整个身体伏到了"花虎"身上，声音一点也不抖了，盯住他们说："来吧，除非你们连我和外孙一块儿杀了。"

老人跳着，挡在那两个人与我们之间，不停地摆手，说了什么一句都听不清。那两个人进一步退一步，只无法下手。端枪的人最后把枪背了，掐着腰说："逃得了初一，逃不了十五。头儿知道了，他会让你们自己把活儿干了。"说完一摆手："走！"

去河西

我们出门了。外祖母抱起"花虎"，走得踉踉跄跄。身后的栅栏门没有关，一切都不管不顾了。小葡萄园的老人陪我们走了一程，指点着林场的方向，然后又匆匆往回赶。他不放心双双。天还没亮，灌木和葛藤几次把我们绊倒。"花虎"的眼睛在夜里亮晶晶的，它看一天星星，好像泪水蒙蒙。外祖母不说一句话，一直急走。

天亮了。"花虎"从外祖母怀中挣出，一直不离我们左右。外祖母给它系上脖扣，牵着它。我看着不发一声的外祖母，心扑扑跳。林场就在河西，要设法过河才行。河西就是真正的远方了。我一路都在想那个即将见到的人，那个养了两条大黄狗的副场长，想着他那句又威风又霸气的话。他一定是特别喜欢狗的人，他一定会收留"花虎"。一个正常的人怎么会舍弃它、眼看着它落在"黑煞"手里？我不相信。

太阳升到了大树半腰，我们已经走了很久。外祖母不时地看看太阳，担心走错了方向。只要一直向西，就会找到那条河，过了河，再找林场场部就容易了。树木越来越高，从南边吹来的风好像也变大了，一股湿气扑在脸上。外祖母站住了，轻声说："听。"听到了，啊，那是隐隐的流水声。我跑起来。

第一次看到这条大河。不太高的堤上长满了大小树木，堤内是密密的蒲苇。各种水鸟在飞，水里有嗵嗵跳鱼。我们到处寻找河桥，先是向北走了一段，然后又折向南。最后好不容易找到了，是一条窄窄的木桥。小桥走上去滑滑的颤颤的，"花虎"却一下子高兴了许多，仰脸看我们，跳跃了几下。过了河，遇到一个背了青草的老人，外祖母赶紧向他打听场部怎么走，老人往西北方指一下："过了那片柳林就到，不远了。"

还没有走过柳林，我们就看到了一个很大的院落：差不多全是红砖平房，靠西边墙根有一座两层楼房，也是红砖垒成的。院里人来人往，有人一见"花虎"就站住不动，张大嘴巴看着。外祖母说是找副场长的，有人就说："噢，'郑撸子'。"外祖母谢过他们，往楼房那儿走去。

在楼旁的一座小平房里，我们见到了一个胡子拉碴的大眼男人，有四五十岁，衣衫有些脏。外祖母说："郑场长您好！"他一皱眉头："找我？干什么的？"外祖母好像有些慌。她用力镇定自己，从头开始说。他不作声。我听到了狗的哈气声，发现"花虎"警觉地往一旁望着。"郑撸子"还是不说话，起身出门。我们赶紧跟着他出来。

原来小屋旁就是一个很宽敞的狗窝，从里面出来两条大黄狗，冲着我们叫起来。主人做一个威吓的手势，它们立刻不出声了，发出"哼哼"的声音。

"郑撸子"蹲下来看着"花虎"，还是不吭一声。外祖母说"求求您""全靠您了"，我也随上说这样的话，差点没有哭出来。可是这个男人还是没有一声应允。我哭了。他不理我。这样过去半个多钟头，他站了起来，同时把披的一件大衣撩到一边：我和外祖母都看到了他腰上的一把短枪，也像自制的"鸡捣米"。他把牵"花虎"的绳子接到手里，系到一边的木桩上。外祖母脸上流下了两行长泪。我明白，"郑撸子"收下了"花虎"。

"它要会说话多好啊！不过它什么都懂！"外祖母一

边说，一边给"郑撸子"作揖鞠躬。

"放我这儿就得了，嗯！"他拍了拍腰上的枪，然后骂了一句吓人的粗话。

枪 声

我们回到茅屋已经是半上午时分，发现屋后屋前都站了拿棒子和背枪的人。他们一见我和外祖母就大呼小叫起来。从一旁走来一个人，这人走路无声无响，是"黑煞"。他盯着外祖母，说："今儿个找不到，我会让山里那个人回来找，你信不信？"他掐着腰，比外祖母还要矮一截，两只板牙扣紧下唇。

外祖母冷着脸回道："他还没见过它一眼呢。我们刚刚也是到林子找它的，是你的人把它吓跑了。"

"黑煞"朝一边的人喊："这好办！咱有枪，有棒子有刀，还跑了一只畜牲？"说着伸手狠狠点一下外祖母的额头："你给我等着！"

他们走开了。我们在外面站了很长时间才回到屋里。

家里已经被翻遍了，地上全是跌碎的碗碟。外祖母脸上有了一丝笑容。我知道她的一颗心放下了。

两天后壮壮和爷爷、小葡萄园的老人，都来了。当他们得知"郑撸子"收下了"花虎"，高兴极了。他们走后老广也来了，一进门脸就阴着。我告诉了前后经过，他这才吐出一口气。他骂起来，说南边村子、四周的村子，这两天都在打杀。"那都是'黑煞'的人，狠哪。狗的主人骂、跪下求饶，全都没用。有的人家把狗赶跑，把它们打跑。它们恋着主人还要回来，结果就被逮到了。那些人在街上放枪，从巷子两头围堵。一些狗给逼进了林子，他们就追到林子里。"

老广走后没过一天，又有几个背枪的人来了。他们搜寻不着，就钻进林子里去了。一会儿远远近近就传来枪声。那枪声是断断续续的，从上午响到下午。半下午时没了枪声，可是停了一会儿，突然又有一阵枪声。我和外祖母一直站在院子里。"不知是谁家的狗跑到了林子里。它们和孩子有什么两样？"外祖母搂紧了我，又问一句："有什么两样？"

天黑了。外祖母祷告："老天爷保佑它们吧。"天乌黑乌黑，一天星星出来了，我们回到家里。已经好多天没有好好吃一顿饭了，随便吃了一点东西，正要上炕睡觉，门拍响了。原来是妈妈匆匆赶回，她一进门就找"花虎"。当她知道了事情的经过，一下坐在了地上，说："吓死我了。"

天亮时老广又来了，他告诉："黑煞"一伙一整天都在林子里。"林子这么大，它们会逃的。"外祖母说。老广点头："'黑煞'火了，喊来不少猎人帮忙。它们往东往西逃，有的跳进海里河里。那些猎人也不会有好下场！不会！"外祖母说："不会！"

第二天，快到中午了，我和外祖母都听到了马达声。出了院门一看，有人骑着摩托车驶过来。近了，认出是"郑撸子"场长。我的心狂跳起来，外祖母的脸一下变得煞白。他跳下车就喊："你们的狗，回来没？没？这东西恋家，半夜把拴绳咬断了！"

外祖母扶住了树，说话好费劲儿："是什么、时候？"

"昨天一早看见的，昨天。"他手里举着半截绳子。

"老天，求您好好想，它是什么时候跑的？"外祖母头向前探着，抓过那截绳子，神情有些吓人。

场长甩手："我半夜起来看过，它还在哩！肯定是快亮天的时候！"

外祖母看着北边。我知道她在想枪声响起来的时间。我也想过了：如果那时候"花虎"跑回这里，枪声早就响过了，从时间上看整整晚了一天一夜！我跳起来："它不会有事的，它一定逃得远远的！"外祖母大概也算出来了，连连咕哝："它的命硬，大恩人哪，也许它过了这一关。我们守在这里，它要回来，就是半夜我们也得送给您！您是救命的菩萨！"她给场长深深地鞠了一躬。

场长骂咧咧的，跨上摩托，对外祖母说："那倒木（没）有什么！"马达突突地响起来。

外祖母一直目送他，没了影子，才想起去擦眼睛。她牵上我说："孩子，记住，这是最后一次。我们今后再也不能收养它们。"

我点头，泪水涌出来。她说："我们不能收养它们。记住。你要发个誓。"

我擦着泪花："我发个誓。"

不可抗力

关于"花虎"的故事还没有完。我知道，它一直在一个地方，在一个能听到和嗅到我们的地方藏着。我和外祖母夜里常常被风吹草动给惊醒，一抬头看见它回来了：一身露水，沾了草叶，站在小院里。外祖母伏在窗前，揉揉眼睛，它又不见了。我白天有一多半时间在林子里，外祖母叮嘱："去吧，说不定真能看见它。它不会在大白天回家的。"

我后来还去过两次林场，场长和两条大黄狗还在。他让我回去告诉外祖母：无论它回到哪一边，都要打个招呼。这个人真好，喜欢它、牵挂它。

就这样等待，怀着一丝希望。我去壮壮爷爷那儿，去小葡萄园里，他们都和我们一样悬着一颗心。没有它的消息，还是没有，一直到现在。我后来再也不愿提到它，因为这个故事没有结尾。现在我更不愿讲，因为要躲开融融。它那双聪慧的眼睛会领悟一切。

我回忆往事，摇着头，对家人叹气。我说："从小獾胡以后，我又有过好多小动物，最后都放回了林子里。那比较容易，比如小鸟和刺猬等。'花虎'留下的教训太深刻了，那种痛是无法忍受的。我不敢肯定它有一个可怕的结局，不过最难过的，是不知道结局。我后来犯的错误、致命的错误，是因为违背了誓言。"

我低下头，不再说话。我们一再犯下不可饶恕的错误，全都因为违背了在外祖母面前立下的誓言。为什么这样？为什么？事后很久，直到现在，我都在反复追问。

有一次，我不经意间从一份合约书上看到了一句话，让我心头一颤。这是一个特别的条款，上面写道："当本合约遇到不可抗力时，即可中止执行。"我盯视了一会儿，又找到其他合约，发现所有的合约都有一款类似规定。我明白了：既是合约就必须遵守，但除非是其中一方碰到了难以抵抗的某种因素。是的，无法抵御、不可抗争，在这样的时候，弃约即是可以理解的。我有点沮丧，说："我，我们，正是遇到了这样的'不可抗力'。"

毫无异议，也不是狡辩，不是自我宽恕，真的是这样。无论当年在小葡萄园遇到"花虎"，还是后来；明知会有失去的危险，却还是要领养、要拥有。那一刻我们真的遇到了一种强大的"力"，这就是"爱力"。这比喜欢还要超出不知多少倍。比如当年在小葡萄园里看到的那个小家伙，它让人完全无法拒绝，无法割舍。这种"爱力"真的大到了无法抵挡，成为一种"不可抗力"。

就在二十多年前，我和家人又以同样的原因，再次犯下了不可饶恕的大错。

那是一个平平常常的早晨，星期天，我们起早到山下公园，却正巧遇到了一个朋友。早几步晚几步都不会碰到，因为这是他移居前最后一次路过这里。我一眼就发现对方的神色不对，交谈才知，原来他马上就要离开，却无法带走一件"宝物"。"什么东西？"我问。他叹气，搓手，抿抿焦干的嘴唇："一只小狗。"

原来他今天早晨是来和它道别的。"你们没有见它，你们，算了。不说了。"他的眼圈红了。

被一种好奇心驱使，我们极想看一眼那个"宝物"。我们一起返回原路，来到山下一座小屋。屋旁是藤类植物，还有几棵茂盛的木瓜树，像是看山人的居所。进屋后马上明白了朋友为什么要那样称许：啊，它竟然是这副模样！不知是什么品种，只一眼就被牢牢地吸引了。也许所有动物中，都会有一些珍品和极品，它们太特异太完美了。

小家伙浑身浅灰色，只有两只耳朵是深棕色，很胖。那双眼睛让人想到一个聪灵的孩子，竟长了金色的眼睫毛。它没有一刻安静，对所有人都亲近，仿佛有使用不完的激情。我那一刻被它所征服，一直目不转睛。这种感觉是极少有的，如果有，也要追溯到几十年前，就是当初遇到"花虎"的那一刻。

朋友抱住它，久久依偎。他用这种方式再次告别。就在这时候，我对主人说："我，哦，我会养好它的。"一句出口，马上得到了家人的急切呼应，而且她说得更多，一边说一边用目光激励我。朋友马上站到了我们一边，并且直接把它塞进了我的怀里，然后开始向主人恳求。

小家伙在我怀中安静了一刻，转头看看，想弄明白发生了什么。真是奇迹，它从我们见到的那一刻就不曾静下来，这会儿却在怀中一动不动。它在等待一声关乎命运的宣布。

朋友说得很多。就出于对朋友的信任，主人最终把这件"宝物"授予了我们。一切就这么快地发生了。在整个过程中，还有接下去的很长一段时间里，我们几乎没有再想其他，只是幸福和幸运，只是感动。

总之，仍然是因为一种"不可抗力"，我们再次忘掉了一切。

小 来

　　"一个小家伙来家里了。"我一路咕哝着这句话。真的是这么回事，我们有了一位新的家庭成员。我从这反复念叨中抽出两个字，作为它的名字：小来。我这样叫时，它愣愣的，灰蓝色的眼睛微微一转，脑袋歪着，懵懵懂懂的样子。只是半天的时间，它对新的名字就欣然接受了。我对它解释说："小孩子总有一个大名。我们都是这样过来的。"

　　"小来"静止不动时，就像一只玩具熊。可它难得不动，就像第一次见到的那个早晨，一天到晚活泼得令人吃惊。这与记忆中的所有动物都有不同。我经常惊异于它们的单纯与热情，有时会在这比较中陷入困惑。不同生命间的差异如此之大，人与动物、人与人，竟这样悬殊。使人费解的是，它们难以耗尽的巨大激情到底来自哪里，又为何源源不断地迸发出来？我们对这种生命奇迹习以为常，也就浑然不觉，好像它们本该如此。

我与它们一起的经历中，从未遇到一次背弃和伤害。有人可能认为它们没有伤害的能力，错了，它们的能力大到不可想象；但它们的词典里没有"背叛"。这也许超出了人的认知范围。它们即便在游戏和顽皮时，也局限于爱的边界。我们也许一度能够做到，但这往往属于童年时代，一个特殊的时段。这正是人生的基础和开始，其意义如同一座建筑：基础越是坚实，整座大厦也就越是高耸。

深深地爱着，不求回报。爱即便化为欲望，也是极好的部分。我们在与动物的相处中，极其享受这种无私的爱。有时候我们会在某个瞬间陷入深深的疑惑：它们凭什么、为什么，要这么深深地、始终不渝地爱着我们？回答是它们依赖我们，要索取食物和其他。答案却难以到此为止，因为经验中并非是这样。也就是说，它们对我们的依恋和爱，毫无功利的部分仍然是显而易见的。

我们也是同样，爱它们的神色，它们的形体，它们的全部，这种爱也是无以言表的心灵之需。这种急切的和不可替代的爱，有时会使我们失去理性。而理性并不总是良性的，它也会让我们压抑和舍弃强烈的情感。而情感的价值常常是无价的。我们在许多时候，的确值得为情感去做出牺牲。

我们为情感做出过牺牲吗？搜寻一下记忆，如果有，那一定是对人生的最大安慰，是永远不会后悔的。在深夜，听着门外不安的躁动、一阵阵的哼唧声，会有些内疚："小来"因为不能进到卧室而生气和焦急。可是没有办法，它一旦与我们同室，我们也就无眠了。夜里只好委屈它一下，分居两处。没有办法，它竟在很长时间里都无法接受这个事实。这样的夜晚，我会想起前半生关于它们的经历、所有的故事；特别会想到自己对它们的亏欠，因此而耿耿难眠。

　　我会想起外祖母在失去"花虎"时的一番话。那些下杀狗令的人有一个堂皇的理由，是为了"节省粮食"。外祖母盯着夜色问："谁的粮食？"然后答："我们的。"又问："他们真的那么在乎粮食？"再答："不，他们不胡作非为，怎么会饿死那么多人！"

　　我对外祖母的话坚信不疑，一生都会确立这样的认识：有爱的人才有无数的粮食。

　　睡不着，"小来"的哼唧声越来越大。实在受不了，打开门。它简直是扑到怀里的，一边哼唧一边亲吻我的脸颊。它获得了怎样的幸福，简直无法形容，因为只有它自己说得明白。我只能紧紧搂住，在心里问："为什么？我们真的有那么可爱吗？"

经历四次

　　已经许久了，我在午夜经常会做一个梦：一匹小马跃过万水千山，历经千难万险，跑啊跑啊，汗水淋漓，差不多就要精疲力竭倒地不起。它一直跑着，原来它在逃避死亡：后面有一个追赶的恶魔，看不清面目，只知道凶恶无比吞噬一切。这匹小马跑啊跑啊，翻过了一座又一座大山。一个浑身瘦削的男人站在山下，他伸开满是血口的两手抱住它。小马偎在男人怀里。

　　梦中醒来，总是充满疑虑，最后认定那匹小马就是"花虎"，而那个男人就是我的父亲。

　　我知道自己总在为那个故事寻找结尾，为了这一生的牵挂。我相信，外祖母在世时也和我一样，一直在揪心地猜测那个结局。我们都害怕去想另一种可能，那是不可接受的。

　　我对家人说："这几十年里，我经历了四次。""四次什么？"我压低声音："杀狗令。"我不会在这样的事情上说谎。这当然是真的，无论什么时候想起来都会抽疼。我只想说：下达这个命令的人，一定不得善终。他们会受到诅咒。

这诅咒，那些人听到了吗？深夜，多么安静，那些人应当听到。

"外祖母可能经历的更多吧？""她去世前经历了两次，"我有点说不下去，"这样，就明白她为什么让我发誓了。"微弱的夜光里，我仿佛看到了外祖母眼里的泪花。记得后来母亲回忆外祖母，再次说到了林子里的枪声，她说："好在这些年里没有了，以后大概也不会有了。"我那会儿低下头，未置可否。母亲在安慰我，她其实并没有这么乐观，也没有这么天真。母亲没有说出的是：一定还会有，但不知道是什么时候。她说不出。

我最难忘记的是父亲的匆匆赶回。那已经是"花虎"离开很久了，他从山里回来，外祖母一直瞒住他。可是他竟然知道了，阴着脸说："'黑煞'他们一直欺负老百姓，可小动物们连老百姓都不如，它们岂止'手无寸铁'，简直是最无助的。能对它们下手，就是最残忍、最卑鄙、最胆小的恶魔！"他说得两手颤抖，指着夜色：

"书上记载过几桩这样的事，一些恶魔在大开杀戒前，先要屠杀无辜的动物，这等于提前演练！"

当年我对外祖母和父亲的话虽然难忘，却无更多理解，而后才有了惊心的体味。我忘不了外祖母当时的叮嘱："爸爸的话在家里听听就好，不要说出去。"

我将这叮嘱和爸爸的话，都一块儿装在了心里，只是没有说过。

夜已经很深了。尽管我把声音压得很低，还是被门外的"小来"听到了。它长时间卧在门口，用爪子轻轻地、节奏分明地拍打着屋门。我不再吱声。这样过了一会儿，终于忍不住，就将门打开一道缝隙。又是无比热烈的两爪、湿漉漉的鼻头。我拥不住它。

你的笑容

由于"小来"的到来，我们家里变成最能吸引孩子的地方。左邻右舍都知道了一个奇美之物，先是一些孩子，接着连家长也赶过来。他们都要亲眼看一看，并且一进门就发出惊叹，然后长时间不愿离开。"小来"有一副大咧咧的性格，对所有人都没有陌生感，更无提防心。它与他们亲热的样子，一如同我们在一起。

"它会笑呢。"孩子家长说。我给它拍下了不止一张照片，留下了它的笑容。

半年之后，我们接到了一个无法推辞的任务，需要离开一段时间：准确点说，整整一个秋天都要待在东部半岛上。这事有点突然，让我们一下为难起来。如果是不太长的时间，"小来"就可以托付给邻居，可是整个秋天的分离，这无论对它还是对我们，都有点不可接受。

最后我们决定带它一起上路。这个即将到来的半岛之秋，因为它的同行而让人兴奋。我们打点行装，还要为这个小家伙备下一些东西。一个带小窗的手提箱成为它的旅行居所。

就这样，一个终生难忘的秋天开始了。我们的工作紧张而顺利，为了方便，我们离开宾舍，直接住到了一位老乡家里。一幢厢房和半个小院都归我们使用，这对"小来"而言真是太棒了。它因为宽敞的小院而倍感幸福，这比长时间待在城里那个局促的空间不知好多少倍。我们可以一整天待在外面，因为老乡能够好好照护它。

没有人不喜欢它。

就是那个秋天，一个下午。一点不祥的预兆都没有，只记得北风有点大，降温了。我们出门时穿上有风帽的衣服。大约下午四点多一点，我突然觉得一阵口渴，心有点慌，正想到一旁的挎包里取保温杯，就听到有人一边跑一边呼喊。看到了，那是房东家的老太太，一头灰发在风中撩动。我第一眼看到她就有些害怕。

老太太喘得说不成句子，只伸手往后面指，说："快，快些！"我们全都慌了，抓起挎包就走。老太太一边跟随一边说，我们终于听得明白："小来"正在小院外面玩，好长时间没有回家，她出门找，见它正玩得高兴，跳跃着，咬住了什么叼给她。她发现它嘴里轻轻含住了一个正在挣扎的小老鼠，一看就知道是吃过药的。"小来"哼唧着要她救它，她告诉这是救不过来的。可"小来"就是不能放弃，不停地围着挣扎的小老鼠哼叫，一次次跳起来求她。就这样过了几分钟，"小来"也有了症状。

"它浑身抖，抖，快些！"老太太喊着。

我明白了，"小来"一定是叼那只小鼠时沾上了毒药。我问离医院有多远？老太太说不远，就在村西边，是一家矿区医院。

我们一路奔跑，一头闯进了小院。"小来"躺在一条麻袋上，嘴角吐出了白沫，见到我们想爬起来，可是已经站不稳了。我把它抱在怀里，不顾一切地冲出门去。我说给自己和"小来"："不会有事的，不会的！"街上人看见了我们，都明白是怎么回事，呼啦啦跟上来。

　　终于看到了医院大门，离它只有二百多米了。就在这时候，我发现"小来"眼睛里的光亮暗淡下来。我喊着："就要到了，咱们就要到了！"它的眼睛睁大一下，看看我们，永远地闭上了。

　　"小来"就这样没了。现在我们只有它的照片，是一张张永远微笑的照片。

对　视

　　在六十多年的经历中，我失去了一些特异的朋友，"小来"只是其中之一。感激和怀念有时难以遏止，它们驻在心头，会在某个时刻从脑海里一一闪过。它们的面容，它们的神色，大都是在微笑。多么鲜活的形象，仿佛一招手，就会一个接一个跑到跟前。

它们需要用力压在心底。

如果有人问起它们，我会说些别的。因为这是非同一般的往事，无法悉数道来。这其中不仅是难过，还有深深的愧疚。是这些压迫着我，让我无法启齿，无法述说。它们曾经与我一起生活，我清晰地记得每一个细节，从未忘记。可能是年龄的关系，我渐渐有了一个想法，就是在某一天把它们全部细细地记下来，建立一份翔实的生命存根簿。我认识到，在信息极度拥挤的数字时代，遗忘太容易发生了，所以这样做是非常必要的。

除了小獾胡、"花虎"和"小来"，还有一条叫"宝物"的山东细犬，它有惊人的智力和奔跑速度；一只叫"美美"的极为美丽的狸猫；一条强壮的大狗"旺旺"；一只性格特异、外表凶悍实则温情的花猫"小红孩"。除了这些，还有一些体型更小的动物：两只鸽子，三只刺猬，一只仓鼠，一只麻雀，一只红点颏，一只紫色蝈蝈。毫不夸张地说，后面这些尽管体型极小，但是也有性格，有情感。我如果从头讲述它们，也会是一个又一个长故事，这里只好省略。

所有这些朋友，它们有的走失，有的痛别；有的最后不知所终，有的忍痛放回林野；也有的在病危时节，出于动物们特有的巨大自尊，竟然独自逃入了人所不知的角落里，就此消逝。就这样，我们与它们总是非正常分离，经历一场场撕扯之痛。

这里只说一下那只小小的蝈蝈，它最后的日子。

因为小时候记忆里有太多的它们：林野里每到夏秋都是这样的独唱或合唱，所以直到今天，一听到这声音就会想到浓绿的海边，就回到了童年。还是在那个山下公园里，我得到了一只深紫色的蝈蝈。它来到了居所，可真能唱。我们无微不至地照拂它，将其装在尽可能大的一只笼子里，还放置了许多绿色植物，喂它黄瓜和胡萝卜，还去郊区采它最爱吃的南瓜花。

就这样，有它的歌声簇拥，我幸福地沉湎在林野和童年之中，不知不觉来到了可怕的冬天。暖气没来的日子里，我们试着用一块电热毯包裹笼子，只在太阳最好的时候才把它搬到阳台上。我们在等暖气。只要天稍稍温暖一点，只要晒一下太阳，它就开始歌唱。它一直坚持着，期待着，沉默的时间越来越长了。它总是待在笼子一角，几乎不再进食。

记得最后的一天是这样的：它一整天都没有挪动一下，更没有发声；太阳出来了，阳台上热乎乎的，我赶紧把它捧到阳光下。它浑身浓重的紫色在强烈的光线下闪烁，那么美丽，但真的瘦了。太阳照着它，不过是十几分钟的时间，我发现它的两只长须开始活动，双翅轻轻颤动，竟然歌唱起来。它唱得有些费力，断断续续，接着戛然而止。

我的目光一直没有离开它，那个场景至今如在眼前：它是用歌声与我们最后告别的，它的生命就是这样终止的。

这是陪伴我们几个月的小生灵。它没有名字。

我在少年和青年时代，都未能拥有一台相机。于是除了"小来"之外，它们全都没有留下一张照片。但心中的影像永远是清晰的，我与它们默默对视。

我们书架上唯一的照片，就是"小来"，是它永远微笑的、顽皮的样子。我们经常把它取下来，一遍遍端量。现在，我们又将它拿到了融融面前。它与之对视良久，伸出右前爪小心地触碰，回头看我们。它可能在问："这个小哥哥在哪里？"

不管它是否听得懂，总要回答。但一定要回避那个结局。所有关于它们的往事，在融融这儿都要改变一下结尾。我们告诉融融："小来"去了一个美丽的乡村，而且是在海边，它在那里生活得不错。融融的大蓝眼睛盯着我们，显然还不满足。我补充道：

"它在乡村，太爱玩了，一分钟都停不下来。所以海边更适合它。"

　　我这样说时，眼前出现一个紧闭双眼的"小来"，像是刚刚睡去，躺在我的怀里。那一刻，正在变凉的北风呼呼地吹，房东老太太哭着，埋怨自己没有看护好它。我们安慰她，泪水无法止息。几位老乡的目光里全是怜惜，一个五十多岁的男人破口大骂，说："那是一帮烂透了的家伙，他们从来干不出好事！咱花大钱买来的机帆船、农机，一用就坏；就是造出的耗子药毒性忒大。"说着伸出三根手指：

　　"它能毒杀三代！"

　　我听不明白，后经解释才知道：猫沾了毒死的老鼠死去，其他动物碰到猫也会死。这是真正的剧毒。我痛恨这些人，痛恨他们造出了世上最毒的耗子药。

　　融融和"小来"的照片依偎在一起，久久不愿分开。

一周岁

孩子没有忘记提醒，要我们继续教会融融一些本领，学一些技能。它应该掌握和处理的事项，有一部分来自母亲，更多的却要留待后来的岁月。如果培训得当，它除了与人握手，还会听从口令坐卧和取物。如果比作求学，那么具备了后面这些技能，就相当于取得了"博士"学位。

我们愿它拥有自由流畅的生活，所以并不期待它为了一个高学位而受尽寒窗之苦。瞧，我们本身就没有什么高学位，显然融融也不需要。

尽管如此，融融却是一个好学上进的孩子，它具备非凡的感悟力，自来到以后，竟然做出了很多令人吃惊的事情，甚至弥补了一些我们匆忙中犯下的错误。以前说过，它为我们打开房门，提醒我们忽略的门铃和电话铃声，还几次大声催促，让我们关闭快要引起漫流的水阀。

如果只是津津乐道于这些小传奇，那是远远不够的，它留在心头的感念比这些重要千倍。这里当然要说到心灵，说到日常的心情。人生还有比这更大的事吗？有也不会太多。我们全都发现：只因为融融的到来，这里的一切似乎都在悄悄地调整和重置，一切都在隐隐地发生改变。窗口上弥漫的不安和紊乱，随气流吹来的所有焦灼，都在降解或融化。融融蔚蓝的眼睛望向我们，好像送来了更高的期待。这种无可言喻的美本身就是一种鼓励，反衬之下，我们的人生应该沉着许多、宽阔许多。是的，生活不该是局促和阴晦的。我们的心情不仅因为另一个生命的陪伴而稍解寂寞，还一起领悟了更多和更高的意义。当然，有时候这是不自觉的某种感受。

我们经常说眼睛是心灵的窗口，那么融融真的为我们打开了一扇崭新的窗口。透过这里我们望向了一个未知的、神秘的、诱人的世界。生活与生命本来就有多种可能，时光的结局如果尽是悲伤，那么还有其他的补救。生活中有这么多悲苦，可是又有这么多美丽，这同样都是真实的。

我们心里明白：自己所能给予它的，比它已经给予的不知要少多少。这样的认识可不是什么饱食终日无病呻吟，因为我从林野中走来，完全可以用亲身经历证实：恰恰在人生至为艰难之时，它们给予了无可比拟的援助。如果说它们是真正的弱者和他者，那么由它们来陪伴和共度人生，真的是无可替代的、最为可靠的一种选择。

融融一周岁了。时间真快。从正面、侧面，从面容到步态，它真的像一位少年了。我们给它称了一下体重，发现已达十三斤半之多。而且它的衣装正随着时间发生变化：眼窝和耳尖浓黑；鼻子和嘴巴洁白，而且成为极其端正的枫叶形；两眼上部是浅棕色。这使它看上去极像西方的一位传奇人物，即那个戴了面罩的佐罗。最有趣的还不是这张脸，而是它的后背：竟然从后颈往下有一片十分规整对称的深棕色，好似披了一件蓑衣。我看着它，脑海中竟然闪过了大诗人苏东坡在流放中写下的妙句："一蓑烟雨任平生。"

由此联想，想它的一周岁意味着什么。据说猫的一岁相当于人的六七岁，那么它真的进入了自己的少年时代。实际上，它从离开母亲的一刻就踏上了孤独莫测的一生，前边有什么一无所知。没有同伴，没有开阔的原野，它所需要的大自然似乎都失去了。我们成为它唯一的信任和依赖。生存的环境如此脆弱和危险。

到底有多危险，可以从外祖母逼我发出的誓言中窥见。

融融背上的"蓑衣"让我想到了太多。从形貌上看它是如此完美，给人皎皎者易污的忧虑，可是它又在生命深处蓄满了勇气，做好了面对一切的准备。它们家族的血脉遗传性格为：超强的忍耐力，高度的自尊与独处力，温情和依恋。

我们做好准备了吗？这正是接纳它们的所有家庭都要回答的。人们会有一个挂在口边的答案：一切皆无问题。人们无一例外地自信和慷慨。不过在一定的前提下，这种承诺是能够得到兑现的。最大的问题从来不在这里，而在于抽掉了那个前提之后，真相又是怎样的？

第二次回答才是真正严苛的。那个前提是什么？是当人们接近"不可抗力"的时候，凭什么保护一个比手无寸铁的弱者更弱的生命？

有两种"不可抗力"：一种是爱，一种是毁灭和灾殃。前一种使人不顾一切地拥有它，后一种将让人撕心扯肺地失去它。

在身边

　　一个弱小的生命需要护佑，而这种护佑又会养成它的一种依赖。当护佑突然失去的时候，弱小的生命只有两种结局：或者独自顽强地活下去，或者就此衰萎沦落。看上去十分强大的护佑者，在许多时候非但不够强大，反而十分弱小，只是在更弱小者眼里变成了一种依靠而已。而当一个弱者被其他生命依赖时，竟然会因为这份情感和责任而变得强大起来。

　　我一想到这里就有一种忍不住的激动。当然，我想起了在外祖母身边的日子，想起了那片无边无际的林野，林野里的那座茅屋。外祖母真正的悲苦一定是从失去外祖父的那一天开始的，从这一天起，她必须一个人离开原来的居所，带上最简单的物品，去遥远的林野里生活。这是躲藏，是对付绝望和悲伤的方法。后来才知道，无论是人还是动物，都采用过这种方法。

　　当我长得稍大一些，林子里的老人告诉我：有的狗，特别是猫，当它们最绝望的时刻到来时，就会摆脱一切同类和其他生灵，独自到一个地方去过完这一生。那时我有一种冷肃的感觉，尽管调动起一切经验去理解这种现象，最后仍然无法想透。但我从此知道，一个生命一旦采用了这种方法，问题就变得极端严重了。

外祖母当年就是这样。那时还没有我。她的身边也没有母亲，她和父亲还在更远的地方，两人音讯全无。那个时候外祖母一定是做好了全部的、最坏的打算，就像一只猫找到了不受打扰的草窝。本来事情就是这样，可后来她的孩子，就是年轻的母亲，千辛万苦找到了林子里的小茅屋。大幸中的不幸是，父亲仍然没有音讯。从此她们母女俩生活在林子里，一直度过了四年。第五年父亲也找到了这里，但没有待上一年，又被差遣到大山里去了。与此同时，母亲也去了稍远一点的园艺场做临时工，大约两个星期才能回来一次。

我的出生也许使这里发生了重要的改变，因为外祖母身边有了一个等待长大的孩子。我对她寸步不离，她也成为我的一切。外祖母不再是孤独的一个人，她的身体好像也强壮了许多，一天到晚忙碌不停。我们的小屋这么温暖和富足，什么都有：果子酱，腌鱼，蘑菇，甚至还有留给爸爸妈妈归来时、节日里使用的自酿白酒。

我感到最宝贵最诱人的拥有，是她在入夜后讲的故事。什么故事都有，这世上没有她不知道的东西。从近处讲到远处，再回到近处，就是说先讲这片林子，各种动物和妖怪，最后再讲外祖父。这时她的话就不多了。外祖父拥有那么多的动物朋友，这是最能吸引我的。我也像外祖父一样，需要它们。

就这样，我有了小獾胡，又有了"花虎"，有了刺猬、小鸟和野兔。它们在我的身边，就像我在外祖母身边一样。我不允许任何东西伤害它们，成为一位勇敢的保护者。它们因为我而变得胆大和幸福，就像我在外祖母身边所感受到的一样。

随着时间的推移，我的个子长高了一点，认识了林子里越来越多的动物和植物，几乎没有什么东西叫不出名字。我还有了好朋友壮壮，结识了几个在林子里奔走的采药人。我讨厌猎人，喜欢采药人老广，喜欢壮壮爷爷，他们都有讲不完的故事。最可怕的东西也出现在林子里，它们是随时遭遇的"悍妖"，还有一脸凶气的背枪人，是凶神恶煞一样的"黑煞"。

那时我夜里做噩梦，梦见一个吓人的小矮人，这人头上脸上长满了黑紫色的筋脉，就像一种生在水边的毒根一样，湿淋淋的，从缝隙中闪露出两只又圆又尖的眼睛，像蛇一样。我吓醒后，外祖母就一遍遍安慰我，为了让我彻底平息下来，还要讲一个动听的故事，准确点说是童话。我的呼吸会由急促变得平缓，然后再次睡去。

我最难忘的是跟她去小屋下面的地窖。那是个隐秘的地方，外人不知道还有这样一个美妙地方。那是爸爸刚回到林中小屋时奋力挖出来的。他高兴啊，以为这就是最后的安稳之所。他认为一个男人要让两个女人幸福，干得十分卖力，尽管从来都没有干过什么体力活，这次却挖出了一个深深的地道。它的入口在小屋角落，由一个沉沉的橡木板盖住，上面还有一个瓷缸；也就是说，每次要挪动瓷缸才能打开木板，然后踏着台阶走下去。

她举着灯走在前边。迎面扑来一股好闻的气味，虽然还掺杂着一些怪味。我看到墙上悬了一串串干蘑菇、野蒜、干豆角、鱼干，地上是一个挨一个的坛子，她打开一个，浓浓的香辣气呛得我后退一步，原来是酒。那些大玻璃瓶里装了野蜜和果酱，还有一些叫不出名字的东西，有的能吃，有的不能。她把野蜜抹在我嘴里，我差一点给甜哭了。

返回小屋，我咂着嘴："我们家好东西这么多啊！"

"它们都是林子里的。孩子，别总想着那些恨人的东西，会做噩梦的。这里可恨的东西太多了，可爱的也太多了，幸亏是这样，如果光有恨，咱们一家是活不下去的。"说到这儿她捋一下我的额头，说："你扳着手指数一下，看看爱多还是恨多？"

我可从来没有这样细数过啊，这会儿就从头想起来。先说可恨的：下杀狗令的人，伏击外祖父的人，"黑煞"，毒蜘蛛，悍妖，打死许多动物的猎人。我数了一遍，大约是六七个。再说可爱的：外祖母，爸爸妈妈，壮壮和爷爷，小葡萄园的老人，小獾胡，野兔，鸽子，老广，"花虎"，美美，旺旺，"宝物"，刺猬，月亮，大片菊花，马兰草，白茅根和上面飞的大蝴蝶。我最后不得不承认：可爱的太多了，多到数不过来。

外祖母微笑着看我，搂着我说："多好。人的心里，当爱和恨一样多，就算扯平了；当爱比恨多，那就是赚了。孩子，你赚大发了！你今后要时不时地像今天一样，从头数上一遍。"

我点点头。这多么容易，又多么重要，我可一定得记住。

爱的川流不息

以美换爱

如果今天运用外祖母的办法从头数一遍，我们又多了一样爱：融融。它对我们的重要性已经不可言表。它来之前和它来之后的日子，在我们家是大为不同的。因为在心灵的记账簿上，在爱的天平上，又加了最浓的一笔、最重的一个砝码。

来我们这儿的所有客人，只要见到融融就开始凝神，然后是欣喜和赞扬，因为他们首先被一种难言的美给震惊了。只要那双蓝眼睛望向我们，我们心头就会有一阵奇特的感受，这感受似曾相识又极为新异。是的，以前面对林野里的生灵，比如小獾胡和"花虎"，即便是一只鸟，都有过类似的感触：那种轻盈和稚气、令人怜惜和欣悦的形体、神秘未知的风采，强烈地吸引着我们，让人长时间目不他移。但这一次是融融，它是有别于其他的唯一。我们在日常生活中形成的冷漠和麻木，一下就被它击溃了，融化了。

我在寻找最好的词汇描述它，从它来到的一刻就开始了。贫乏的语言令人尴尬。最后只好拾起那句老话："不可方物。"只有如此。它纯稚，却有沉稳超常的步态；它顽皮，却又时常安然静穆到不敢轻扰；如此幼小却又如此威严；一派雄性英气，却又时常闪现出仪态万方的温情和优雅。它的美已经远远超出了使人惊叹的形貌，而是由表入里、从更深处溢出，随之涨满了整个空间。它所赢得的深爱，是由自身的美换取的，而这种美是无价的。

我发现融融独处的能力超过了一般的猫。我太熟悉这一类生灵所长，如随时转入沉思的状态。任何一只猫都有这样的特质，但融融似乎走到了一个极致。它除了需要一个不受打扰的沉寂之地，还会在与人亲近的间隙里陷入幽思，那望向远方的目光真是令人肃然。它每天沿着同一条路线散步，同时展开自己的思索。如果这时候呼叫它是无效的：思绪已经游走在很远或很高处，以至于到了充耳不闻的状态。

我怜惜融融的另一些特别时刻，就是它偶尔会有的忧郁。记得以前读过诗人普希金的一句哀叹："我们的俄罗斯多么忧郁啊！"我悄然默视家中的融融，瞧着它这一刻的神情，这比悲伤还要深沉，无以命名。这一瞬间它不是苦脸，不是愁闷，而是鼻子的异样：那精致到无法言说的小鼻子变了，两侧仿佛贴上了一层铅皮，不得不用力抵御沉沉的坠力。我屏住了呼吸，重复那一句哀叹："我们的融融多么忧郁啊！"

在乡村或郊野，通常人们希望自己的猫是一个捕鼠能手，并因此而更加喜爱。这是一种现实生存的需要。我回忆小獾胡它们，清清楚楚地知道，无论我还是外祖母，都没有因为这种技能而喜爱。是的，它们所能完成的具体事项是有限的，也就是说，它们无法用实用价值与主人交换。其实任何实用主义的思路都是无关本质的。有人总是因为实用才豢养，而仅仅是豢养的关系，又能好到哪里去？在生活中，我们太熟悉什么是"豢养"了，也知道这其中所谓的"报答"有时令人感动，有时也极其可怕：被"豢养"者为了主子而伤害无辜，完全不在乎弱者的痛苦。

融融除了睡和玩，吃东西，似乎没干别的。可是我们需要它的更多，它给予我们的也更多。它不仅有美的外形，而且还有不可企及的某些品质：过人的柔善、温情、无私和纯洁，还有一种生命的庄重感、思考力，特别是强大的自我与尊严。这不是我在任性地夸大，而是它真实具有的生命质地：生来如此。仔细看，深入观察，可知这并非言过其实。

我们学习它们的路还有很长。它并没有用声音宣示和表达什么具体内容，但仍然可以启迪和影响我们。榜样是无言的。

川流不息

深夜醒来，伸手一摸融融就在身边。柔软温热，胖爪，滑滑的皮毛。上苍将猫放在人之左，将狗放在人之右，让人心存感念。是的，由于许久以来一直如此，反而让人对这种福利熟视无睹。可是今夜我的心中泛起一阵感激，这感激由来已久。又想起林中岁月，想起被呼啸的林涛惊醒的夜晚，这样的时刻如果有一只猫在身边就会好得多。记得外祖母会把我的手拿开，说夜里不要触动它圆鼓鼓的小鼻子，因为那样既中断了它的深度睡眠，还会让自己失眠，是得不偿失的事。

冬天，海边的风多大。爸爸在山里，妈妈也不在。幸亏有外祖母的故事，有猫。它的呼噜声总是把我送入梦乡。可惜那只是少年时代，而今，几十年后再次听到这呼噜，是多么奢侈的事情。这竟然是真的，而不是做梦。一天天忙下来，人被那么多的琐事，还有各种各样的消息围拢，它们堆积一起使人无法消受。欣喜，惆怅，愤怒，震惊，恐惧，还有无法摆脱的困境。人被困境折磨，就像得了一种慢性病。入夜后不断地回忆，往事纷至沓来，感慨万千。如果人能够删除部分记忆就好了，可惜谁都办不到。这要终生陪伴，如影随形，簇拥着，缠裹着，使人步履维艰。

融融的步态让我入迷：那么从容，自信满满。它走起来很像狮与虎，气势非凡，昂首阔步。但这一切都无碍于它的另一种美，那是英俊和妩媚，是令人娇惯呵护的纯稚。我想起几十年里的那些面容，一个又一个眸子。它们都远逝了，与我相隔万水千山。我看着融融的眼睛，突然觉得这目光里汇聚了所有的问候。

我曾经将融融叠加在那些名字中，这会儿又觉得有些不妥。它不是一个，而是它们的相加与综合。我朦胧中觉得它代表它们，千里跋涉来到了这座城市，来与我相会。这是多么深长的情谊，怎样的造访和探望。自然而然，我们也将把所有的爱和思念倾注于它。

时间里什么都有，痛苦，恨，阴郁，悲伤；幸亏还有这么多爱，它扳着手指数也数不完，来而复去，川流不息。唯有如此，日子才能进行下去。有了这么多爱，就能补救千疮百孔的生活，一点一点向前。

在南方，一位在瘟疫蔓延中艰难度日的朋友打来电话。对方叙说了近况，特别说到了家里的猫，有一句话让我差点垂泪："如果没有它，这日子有点过不动了。"

"日子"不动了，停止了，多么可怕。

同样是关于瘟疫的惊心消息：某个主人因病入院，出院后，发现有人出于恐惧，竟然将他日夜思念的爱猫杀死了；一个村镇同样出于恐惧，又一次发出了杀狗令，勒令整个村镇在限定时间内杀掉所有的狗。

这是我几十年来再次听到的噩耗。时过而境未迁，"黑煞"他们原来还在，他们竟然就活在近邻。我颤着声音小声告诉了这两个消息，家人惊得合不拢嘴，一边用眼睛去找融融。

我们大惊失色，想着异乡里发生的"不可抗力"。

融融走来了，我们紧紧地将它拥住。如果所有的爱都有一个悲凉的结局，还敢爱吗？可是没有爱，为什么还要生活？生活还有什么意义？那只能是折磨，一场连一场的折磨。我们不要那样的生活。

融融被紧拥在怀里，它的大眼转向了我们。水一样清纯。其实不仅是眼睛，它整个都像水一样。是的，它来到人间，会映照出不同的世道人心。我的下巴抵在它的额部，这已经是惯有的一个动作，像咕哝着摇篮曲：

"瞧融融，多节省，一年到头只穿一件皮袍。"

"它们谁又不是这样？"我只是说在心里，没有出声。我还没有从一阵扯痛中镇定下来。外面传来砰砰啪啪的钝响，我闭着眼睛，恍若置身于那片林野。我在倾听爸爸凿山的声音。为了寻找那片蓝色的山影，我常常爬到一棵大树的顶部。

外祖母和母亲踏着满地落叶走来，啊，她们身后还跟着一大群，原来是小獾胡，"花虎"，"宝物"，刺猬，鹌鹑，旺旺，美美。最后是一只绒球似的小家伙，竟然是"小来"，它迟疑了一下，一阵欢跑跟过来。

2020年6月25日初稿
2020年7月26日再订
2020年8月5日三订

附 录：张炜谈动物

他者和弱者

在现代社会，动物可能是离人最近的"他者"和"弱者"。现代与远古是不一样的，那时候人类置身于广漠之中，人和动物们相比反而是非常弱小的。人处蛮荒，视野之内全是恐惧。人显得很无能，很渺小，笨手笨脚，面对动物会有自愧不如的感觉：鹰能高翔，兔子能飞奔，豹与虎迅猛而力大无穷。人类那时候没有更好的生产工具，缺少对付它们的办法。

上古时代是"人民少而禽兽众，人民不胜禽兽虫蛇"（《韩非子·五蠹》），但后来人的工具越来越先进，生存能力越来越强，动物成了狩猎对象，渐渐就变成了彻底的弱者。火器的发明，是人类与动物的关系发生巨变的一个分水岭。很多野生动物遭到杀害，濒临灭绝，不得不逃到荒无人烟的地方维持生存。动物有的群居，有的独来独往，很少接近人类，也没有能力侵犯人类。人类组建起自己强大的社会组织，而且有城市和村庄这样有形的巨大"屏障"和"堡垒"。

说到动物，我们指的是一切不同于植物的、能够移动的生命体。当代人一谈到动物，就会想到最常见的、跟人关系最密切的那一类，由近及远一口气说出很多。从近处的猫和狗，到被人类役使和饲养的牛马猪羊、鸡鹅鸭之类，以及经常在动物园里看到的那些老虎、豹、长颈鹿、骆驼和斑马等各种飞禽走兽。除了一些专门的研究者，有大量动物我们是不认识的，对它们非常陌生。无数的动物散布在广漠的世界上，它们因为生存环境的不同，跟人的亲密度、与人交接的频率也不同。但其中很大的一部分我们见过，知道名字，甚至耳熟能详。

动物基本上没有我们平常所熟知的那种社会性，是大自然的一部分，同时又是这其中最活泼最灵动的、双目闪烁的生命。所以与之相处，有时候能够激发我们的另一种情愫，激扬和焕发我们本来应该具有的"自由"和"自我"。当人面对动物的时候，它们的自然属性常常令人有一种莫名的欣喜和神往、一种生命的回归和解放感。我们经常强调的人道主义和人文精神，有着更广泛更深刻的意义，它也涉及人与自然万物的关系问题。"人道"不仅包括了人与人之道，还包含了为人之道，即人在这个世界上怎样认识自己、要求自己，他们所要具备的责任，以及理解力和洞察力、生存理性等。这对人类提出了非常高的要求，而且是针对人类、独属人类的，既不能摆脱也不可以替代的。

我们讲人文精神，会认为这种精神一定是以人为本、以人为中心来思考所有问题的。但"人文"并不是一个狭隘的概念，尤其不能简化和固化，使其局限于人类自身，而必然要关系到包括人类在内的整个生态文明，以及这种文明的发展和进步。全面发展的历史和全面发展的理想人格，一定会探求至高的生存理念，在完成自我认知的过程中，更深入更本质地去理解整个自然界中的"他者"。我们必须了解这些，并从中寻觅到更宽阔、更永恒的关于生命的诸多原理。所以从这个意义上讲，一个人与动物结成的心灵关系，即精神的联系到底如何，基本上决定了他是否是一个真正意义上的人道主义者和人文主义者。

关于动物的认知，当然也扩而大之包括了植物，其程度和状态，也透露了一个人在这个世界上所持的最基本的生命立场。人文主义者是主张善待动物的，这已经属于朴素的日常生活伦理的一部分。有人认为万物有灵，生命之间应该平等；也有的宗教认为唯有人是特殊的生命，人会思想，跟动物是不平等的，例如基督教认为人吃动物是可以的。不同的宗教、不同的信仰，具体认识上有所不同。有的认为动物是不可以吃的，有的认为动物可以宰杀，而且是天经地义的。

　　动物与人的依存关系、彼此利用和借助的关系毕竟不同于植物。与植物相比，人们会觉得动物与人的情感交流更方便更清晰，彼此深深地依赖，有一些动物甚至还有特别的社会参与性。有人让自己的猫或狗做了遗产继承者，其亲密关系竟然超过了子女亲属。有的地方，政府机关里还要有一两个公务猫，它们吃公粮，花纳税人的钱。还有些国家和地区在选举时，有人故意推举一个猫或一个狗来做参选者，实际上也是一种曲折的政治表达。动物保护主义者、素食主义者，围绕动物问题发起了强烈的社会诉求。

　　动物属于大自然，也是我们人类世界的延伸。作家写动物，实际上既是写大自然也是写自己，是表达一种共同的承受、等待和观望。人与人的相爱是非常自然的，爱动物却是爱一个"他者"和"弱者"，这种爱更少功利性，是生命所具有的最美好的情感，体现了极柔软的心地，如怜悯、慈悲、痛惜、莫名的信任和寄托。这是人类对其他生命的一种心灵寻访，有美好的假设和猜测，预先设定了对方的美善。从此人类便排除了很大一部分孤独，找到了这个世界上既陌生又熟悉的"另类"，它们是具有嘭嘭心跳的、大睁一双眼睛的生命。对它们的好奇心是自然而然的，更是可贵的，总是伴随了最大的柔情、同情和理解。从这里出发的爱都是比较纯粹的，较少令人怀疑会有其他目的。

所以我们可以发现，越是那些大心灵，越是可以感受他们对于动物手足般的情谊。回顾我们读过的文学作品，像雨果的《巴黎圣母院》里面描写的一只可爱的白羊、它和女主人公的关系；像屠格涅夫那篇著名的小说《木木》，写一条狗与男仆的生死相依，读来催人泪下。说到文学杰作中的动物，可以列出一个很长的名单，它们全都是真切质朴、兴味盎然的讲述，或趣味横生，或令人震悚。

最近有朋友转给我一篇很有意思的文章，题目是"你如果不爱猫都不好意思当作家"，其中列举了许多中外作家学者与猫相处的例子，配有一些精彩的照片。其中有一张是海明威在写作，身边环绕了十几只猫，不得不用手一边护住稿纸一边工作。海明威热爱运动，爱看暴烈的大型动物，比如去西班牙看斗牛，到非洲猎狮，亲近马戏团的老虎，喜欢和它们玩耍。他向往强者，愿意标榜自己是无畏的男子汉，但很少有人知道他爱猫成癖。海明威在去古巴之前，曾在美国最南端的基韦斯特小岛住过近十年，在家里养了一只六趾猫，后来它繁衍了一大群六趾猫。直到今天，那个故居里仍然狂跑乱窜着五十多只六趾猫。在古巴的瞭望山庄，他也喂养了几十只猫，常常写到它们的故事，如平时自己吃各种各样的药，有一只猫似乎想品尝每一种药。他的第三任妻子马莎没有经过他的同意，将一只猫阉割了，这让他作为一条"罪状"，多年以后还不依不饶地提到这件事，认为她很坏。

十年前我去了他在古巴的瞭望山庄。这片庄园植物茂密，主体建筑并不大，有一个游泳池，池边有一些小墓碑并镶了铜牌，原来是狗和猫的专用墓地，铜牌上刻了它们的名字。硬汉海明威可以忍受许多事情，但无法忍受对动物的虐待和残暴。当卡斯特罗成为古巴的执政者之后，古巴与美国发生了严重对立，累及居住在哈瓦那的美国人。卡斯特罗对海明威很好，他们见面时谈打猎、钓鱼，也谈文学，很投机。卡斯特罗是一个热爱文学的人，后来与哥伦比亚作家马尔克斯的关系也很好，说希望自己来世能当马尔克斯这样的作家。尽管如此，当年因为古美两国关系日趋紧张，海明威还是无法在古巴的庄园里待下去，终有一天不得不离开。最后促使他离开瞭望山庄的导火索是一条狗的死亡。这条大狗常常陪伴海明威，他写作时它就匍匐在脚边。它死于哈瓦那巡夜的民兵，他们有一天在庄园门口用枪托捣死了它。

海明威认为狗有一种不可思议的生命特质，比如它离开主人哪怕只有一会儿，再见面时也会无比激动。而且它一点都不矫情，好像身上有不竭的激情。是的，熟悉狗的人都会同意他的判断。这真是一个生命奇迹。人没有这种能力，特别是现代人，两个朋友哪怕一年不见，重逢也并无多少兴奋；还有人许多年不见，相遇时脸上是那种程式化的微笑，没有源于心底的激越和欣喜。他们已经领会不了生命之间的深刻情谊是什么，因为时间和空间的阻隔，分离和重逢意味着什么。在古人那里这是很大的事情，看看古人留下的那些惜别之诗就会知道。从这里看，现代人已经变质。现代科技改变了许多东西，其中也包含了人间伦理。围绕着这些改变，整个人类社会的情感结构被破坏了，人与人之间变得淡漠无情，而物质利益却日渐凸显，甚至成为远近亲疏的重要标准和依据。整个世界的文学表达当然也要随之改变，所以当代作品中才有那么多廉价、畸形和冷漠的"局外人"。

动物是人类非常重要的生命参照。没有这个参照，人对自我的认识，以及生命中一些自然而本质的东西就会被忽略。我们讲动物，实际上是在讲生命中某些更根本的东西。比如狗所拥有的取之不竭的激情，在海明威看来是一个谜，那么对比人类的冷漠，又会有怎样的启示？不仅如此，它的真挚与单纯，短时间内将激情蓄满胸中，真是了不起的一种能力，更是生命的一种特殊质地。反观之下，人类却越来越充满机心，走入了心智的畸形发展，通向的只能是悲剧。人类在动物这些"他者"身上，真的可以领悟许多、学到很多。

通向神秘世界的窗口

网络时代的人太匆忙了，好像越是受惠于现代科技，就越是没有了时间，也丧失了更多的空间。真正属于我们自己的自然与心灵的自由，到底还剩下多少？传统的情感，日常的趣味，真挚的交流，都变得平淡以至于消失。于是人们越来越多地求助其他，依赖另一种生命，比如开始寻求猫和狗这一类所谓的"宠物"。它们绝非可有可无，其存在是这样重要，以至于让人产生了深深的依恋。我们一旦与之相处，就再也无法忽略和忘记它们。如果稍稍能够正视它们的眼睛，就不得不发出阵阵惊叹，这讶异源自心底，因为我们发现了近在身边的生命奇迹。

我们接触动物常常感到非常欣悦，和他们相处的时候，还会由愉悦变成惊喜。因为这时候会经常与动物对视，离它们很近地看着。看一会儿猫和狗的眼睛，或者从极近处观察一只鸟的眼睛，与之目光发生交接，就会产生一些特异的感觉。比如一只猫的目光、它的神色，会引人感受某些未知的秘密，许多遥远而陌生的、神奇的东西，或由此想到生命的某种可能性。我们在注视它，它也在注视我们，很像是一种相互研究或思忖。它们的目光里有很多未知的内容，这都不是我们人类能够破解的。没有办法，我们只好从自己日常的生活经验、从已有的感知出发去认识和猜测这些异类。有时候我们猜准了，真的能够想到一只猫或一只狗在干什么、它的欲求，但是更多的时候是不可能的。

对于动物，哪怕有一丝一毫心灵和思想的印证，也会让我们欢欣鼓舞。有时候猜中了它的心理活动，恰好它也在用行动证明我们的猜测，这时候我们就会特别欣喜。因为人类要理解神秘的生命世界，总是习惯于通过眼睛这扇窗户，甚至觉得这是那个世界的唯一入口，再无别的路径。

我们对他人复述自己接触的动物，表达对它们的理解，总要拟人化，说它多么懂事，它在想什么做什么，娓娓道来。实际上这时候我们已经不自觉地进入了一场自我寻觅，在搜索我们自己丢失了的某些重要的东西。这丢失其实关乎我们人类的核心利益、本质利益，因为这属于生命的性质和品质。我们一开始不知道这个"利益"是什么，但潜意识中一直在寻找。我们能够感到这时候身边的动物所起的作用，已经超越了一般的娱乐、玩耍和友伴的意义。

动物的眼睛是蓝色、褐色、灰色、黄色、淡绿、深黑，有时眯着有时瞪圆，与它接通的时刻，会让人感到通向了渺渺深处，通往一个更开阔的未知世界。它是那样地单纯、无功利、天真烂漫，没有什么社会属性，没有物欲牵制，更没有我们人与人之间时常提防的那种无处不在的机心。从它们张开的嘴巴中，我们看到了通红的舌头和雪白的牙齿，以及双眼显出的稚气和纯洁。类似的气质与特征只有儿童身上还能保留一些，但通常不会存留太长的时间。人很快就会失去这一切。失去并不是成熟，而是在所谓的成熟过程中令人遗憾的一次次丢失。人随着年龄的增长，其神色几乎无一例外地变得沉重和复杂起来。

我们可以假设，如果人类能够与心智的成长一起，一直葆有这种纯粹和天然，那种创造力该有多大，人类又会变得多么可爱与无私，整个社会将是怎样蓬勃向上的、美善而健康的存在。这当然是过分理想主义的幻想了。但它们引向的思路是自然而美好的，我们可以学习，可以受其影响，或多或少地接受一些熏陶。从文学的角度来看，我们的文字若能表达出这一切，哪怕是沿着这个方向往前多走一步，也将构成更新的风景、更深刻的诗意。这其实就是文学的功用，也包括了诗性世界的部分奥秘。

它们的眼睛既单纯又晦涩，还神秘到深不可测，以至于无限。我们在自己的世界里生存得太久，浮云已经遮住了我们的视野，稍远一点的旷渺都不可能望到。当我们恐怖于未知世界的时候，就从未知的力量所规定和创造的无数生命，特别是近在眼前的动物身上，去感受某种深远而恒久的许诺吧。这时候我们就会觉得安定一些，在莫名的安抚中稍稍地平静下来。也许这就是我们渴望保护生命多样化，特别是保护动物的内在的、潜入心灵深处的意义吧。

地球和人类社会都处于一种不可预知的、无所不能的巨大力量所结构的秩序之中，生活只是在这秩序中运转的一小部分。在一个失序的世界中，人类在某个时候丧失一切，也许只是一念或一瞬之间的事情。

有时候我们会想，或许在整个奇妙而神秘的循环中，在广瀚的自然世界中，那种永恒的存在与力量可以不要我们，但我们却没有办法抵抗。我们还会想，在类似于人类的生命中，最靠近的当然是无数的动物，如果那个神秘的世界要拒绝人类，它同时也能舍得下无数的动物吗？在这个无比复杂的生命世界中，那种不可预测的力量要放弃我们，可能就要同时放弃一切。放弃数不胜数的万千生命，这怎么可能？这样一想又会稍稍安下心来，仿佛千万年来，动物植物已经和我们一起，与这个世界签署了一纸承诺书，由此来保证我们大家的共同生存。

我们与万物一起生活，是一种不可改变的永恒的生命伦理。我们和它们的这一场交往和寻找，更有永无尽头的两相厮守，实际上就包含了对这种伦理的遵循和守护。我们将墨守这种生命共存的原则，因为只有如此，那种无所不能的力量才会跟我们、跟它们，包括小虫子、蚂蚁、鸟、猫、狗，以及来不及结识的万千生命，维持与之签署的这一纸承诺的有效性。这当然是承诺共存，承诺彼此都作为这种秩序中的一环、一分子、一部分。这就是人类看到某种植物动物消亡，所感到恐惧的内在原因。

我们正在以自己的方式求证生存的原理，感受和遵循秩序的力量与规律。这里寄希望于所有人性累计的悟想力，总有一部分还没有昏睡的人，他们才是有力量的人。许多人在昏睡，人的社会性、每个人所从事的专业、人类文明所制定出来的某些道德规范、日常生活契约，已经把人性磨钝和异化。人类不再理性地思索，更失去了觉悟。今天，仅仅在潜意识里偶尔泛起这些念头，已经是远远不够的。我们要拒绝昏睡。

没有昏睡的一部分人才是人类的希望。没法统计这一部分人的数量，但每时每刻、每个地方都可能存在，所以人类至今还没有彻底绝望。我们要以文学的全部的美、尊严和洞悉力，来走进这种伟大而艰难的精神跋涉。

我们的道路多么漫长

　　人和人之间的互相学习被强调了一万次，那么不同的物种之间、生命之间，是不是也可以相互学习？有人认为这是当然的，像科研领域里开设的动物仿生学，就是向动物学习。我们模仿很多动物特有的机能，探求其他生命的特异功能，来增加我们人类的能力。这种仿生学就是不同生命物种之间的一种学习。

　　事实上我们所能做的如果仅止于此，既远远不够也非常可惜。这种学习是一种功利性的、实用主义和物质主义的思维。其实在生命更本质的方面，不同生命所固有的一些特质和属性，也就是我们平常所强调的"道德品质"的意义和层面，生命与生命之间也可以互相学习。有人认为在动物身上不可以谈"道德品质"，这会显得滑稽；那么就降低一点，只将"道德品质"作为人类的专利，说到其他生命则只谈它们的"本能"。我们在生活中经常讲谁是"老黄牛"，谁"像猴子一样机灵"，这种种比喻实在蕴含了对精神品质的界定，表现出向另一种生命向往和学习的态度与欲望。

动物最吸引我们的不仅是它的吃苦耐劳、快捷与机敏，还有那种非生理机能方面的因素。比如某些动物的单纯和忠诚让人产生一种高尚的冲动。人的机心、规避与疑虑太多，而动物那种简单纯稚就会让人觉得可望而不可即，让人有一种探究和欣悦的心情。它们身上的确具有能够与人类相通的某些精神情愫。当然，人类在与它们相处时，也会循着自己的理想与愿望，将它们的这些特征扩大和引申。比如说我们喜欢自己的猫和狗，就会不停地夸赞它的聪慧与机敏，言说它的热情、懂事、忠诚，在美与善的方向不断地延伸开去。但许多时候却并非是故作夸大，而是共同生活中获取的一些实感、一些理解。

人面对一只可爱的动物，特别是在一些特殊时刻看到它们表现出的勇敢，内心里常常会泛起自愧不如的羞愧感。一只猫或狗表现出的纯稚和诚实，许多人都不会陌生。它们对人的爱恋与依偎是那样持久，那样无私。在这方面，人与人之间所表现出的美好情谊同样如此；不过在一个剧烈竞争的商业社会，例外的情况可能更多。当人们摆脱了狭隘的社会功利、无所不在的拼争周旋、随处可见的机会主义，该是怎样宽松舒畅的一种生活环境。对这种生存环境的向往和努力，应该是人类自我修为的一个方向，也只有这样，才能进入未来的全新境界。的确，对比动物的某些特质与品性，我们会觉得完善自己的空间不仅很大，而且这条道路还无比漫长。

有人会发出质疑，或者不以为然，嘲笑如上的思维方式不着边际。他们认为人类自身有无数难题亟待解决，比如温饱、疾病、生态灾难、文化与族群冲突、各阶层矛盾，这一切堆积如山；当今世界上令人发指的欺凌、丛林法则的惨烈，这些人间苦难用尽全力尚且不能解决，却要这样谈论和探究动物问题，揣摩它们的心思，实在是过于奢侈和放浪了。一些人或许会将这些题目视为有闲阶级的无聊之议，不仅脱离实际，而且还要引起反感和厌恶。果真如此吗？那么可否让我们反问一句：人间所有的惨烈与苦难，人类社会自身这一切不可改变的痛苦、无数的悲剧，是完全独立于世界其他生命而存在和发生的吗？再问一句：人类所经历的全部或大部磨难与悲惨，是否与人类自己荒谬的生存伦理有关？这其中是否也包括了对其他生命的漠视和冷酷？

显而易见，人类对于生命的畸形心态、生存理性的丧失与泯灭，正是导致自身苦难的主要根源。世界是相互联结的生命关系，人类不可能在无情绝望的生命观念中，追求和抵达自己的完美与幸福，这是绝对不可能的。人类对其他生命的态度，正好折射出对自身和同类的态度，也更能够表明其生命立场和心灵状态。

我们正处于一个数字时代，那么就可以由数字的角度去思考一下：整个世界从物质到精神的一切存在，都有一串固定的编码，它们在运行中如果有一个数码出错，那么整个世界便会因此乱套甚至崩溃。这是一个互相牵扯、联系紧密的整体，严密到不可有丝毫逾越的地步。人类与其他生命的关系也是一系列严整有序的数字，它复杂而又单纯地、不可更移地存在着。我们经常将"丛林法则"这个词用于动物，说明动物之间的恃强凌弱、弱肉强食、黑暗和残暴；然而我们事实上早就将这种法则施与了整个世界，当动物们总体上被置于"弱者"的地位时，强食者也只能是人类自己。谈到"丛林法则"，我们会看到，今天的"弱肉"几乎化为了全体动物，人类真正掌握了生死予夺大权。当然在同类之间，也有他们的"强食"和"弱肉"，因为法则是统一的、不变的。

人类是丛林中的百兽之王。动物之间的杀戮已经无法继续演绎，因为人类基本上取消了它们的舞台。那只是远古时代的"史诗"，属于前古典主义时期。而今这样的"法则"与其说适合于野兽，还不如说更适合于人类。当今的人类世界有多么黑暗和危险，是我们有目共睹的。"丛林法则"引用和源发于对动物世界的观察，最后却落实于人类自身，真是一个绝大的讽刺。

我们现在可以尝试稍稍偏离一点"人类中心主义"去思考问题，因为这个世界不仅仅属于人类自己。人类在整个宇宙中多么渺小，现代科学早就给出了答案。有了答案并不一定能够时刻进行超越的思索，而这种自我遮蔽，正是悲剧发生的深层原因。超越一般意义上的社会思维，去寻找世界存在的本真与原理，应该是现代人最基本的功课。在日常生活中，这会起到精神的牵引作用，会使我们的视野敞开来，看得更远和更高。在商业主义和物质主义时代，人类对同类的役使与利用关系一定会进一步加强，动物一定会陷入空前的危机。在这里，所谓的"人道主义"就将愈发显出它的虚伪性和不彻底性。可见古老的人性会因为客观环境的改变而不断演变，但改变的方向不一定是更完美更仁善，也不一定是更道德。我们所谈论的是综合的立体的生命观，是在这个基础上论说无私、宽容、诚实和信赖等概念。这一切不仅表现在对待动物方面，而是要化为一种不可替代的、无所不在的基础情感和基础伦理。

所以人对动物的心情，对它们是否体现出应有的怜悯，这一点其实正是关系到"活着还是死去"的古老命题。这个命题我们是从莎士比亚的名作《哈姆雷特》那里听到的。有时候我们觉得只有自家的宠物才是聪明可爱，甚至是幽默多趣的。其实再扩大一点范围，从它们开始放眼所有的生命，展开我们的理解，寻找相处之道。现在是一个疯狂追逐科技进步与物质财富的时代，而这个时代恰好存在更大的伦理问题、生存问题，不解决它们，其他都会化为泡影。

如海潮一般的诅咒

在很早以前，特别是一些偏远的地区，民间传统中常有"施咒"的迷信做法。其方法既不可思议又令人恐惧，就是用"诅咒"让某些仇人遭殃，走入不可挽回的噩运。据说这个过程是十分繁琐的，通常由专门的人来做，要有画符施咒等一系列复杂的程序。这样暗中做下来，让那个特定的对象生病或遭受可怕的惩罚。前不久看一个电视节目，这才知道直到现在，世界上一些边远偏僻的特殊群落还有这种事，那里的人还在做这种神神秘秘的大事，并说"真的有效"。这种因为极大的仇恨在暗中施与的伤害，实在渊源深长，如果它果真有效，也实在让人觉得恐怖。一个族群与另一个族群、一个生命与另一个生命，他们之间产生了深刻的仇恨，以致需要采用如此黑暗恶毒的诅咒去解决，当然不会是一件小事。

关于残酷报复的事件历史上很多，当然是发生在人类当中。在不同的群体之间，通常是要诉诸武力的，比如发动一场战争。只有力量相差悬殊的极弱一方，或者不必以明确的理由还击的一方，才会放弃武力而改用其他方法，比如"施咒"之类。人类与动物之间就是这样一种关系，二者在力量上毫无对称性的关系，而人对动物犯下的恶行又罄竹难书，动物作为绝对的弱者，对人也没有任何办法。于是它们所能做的唯一一件事，就是默默忍受宰割。这些手无寸铁的生命如果要发泄心中无尽的怨恨，要做出反抗，也只能在暗中发狠，对人不停地诅咒了。

我们并不认为这种诅咒会有什么效果。不过有时候又恍若担心：哪怕只发生一点点效应，那后果也将非常可怕，因为这个世界上有无数的动物。

现代人竟然对伤害和杀戮动物无所恐惧，以致肆无忌惮，甚至没有一点罪恶感。一个和善而体面的人也会做出令人发指的事情，这通常是对动物。比如我知道有这样一件事：一个女诗人与许多人崇拜的一位上年纪的男诗人一路同行，两人都非常高兴。男诗人广受尊敬，素以天真幽默、博爱与多趣而令人喜欢。他们一块儿在街上游逛，高高兴兴地散步聊天，到了中午饭的时候就一起进了饭店。男诗人拿过桌上的菜谱开始点菜，嘴里咕咕哝哝："烤一只小狗吧。"老板问："多大的？""一定要现宰杀的，不要超过一周岁，选一只最活泼的。"一旁的女诗人简直不敢相信自己的耳朵，当她确定是听明白了之后，就吓得夺门而去。她一口气跑出了很远，再也没有返回。这件事让她十分痛苦，事后很久提起那个男诗人，她说："原来他是个坏人！"

人性和心灵的分裂如此可怕，一个写出很多好诗的令人尊敬的人，一个仪表堂堂的人，却是这么残忍的一个非人。而我们自己，我们身边，其实也在发生类似的残忍。我们不敢正视。是的，这种人性的分裂状态不是发生在某一类人身上，而是一个很大的群体，只是程度不同而已。除了那些严格的素食主义者，没有人能心安理得地将自己排除在心灵分裂的名单之外。这不是在某种语境下的特别表述，也不是自我想象出来的道德危机，更不是什么危言耸听，而是我们每个人都要直面的惨烈后果，是事实。因为人类的集体残忍造成的结果，实际上早就非常突出和严厉。我们即便是彻底的唯物主义者，也仍旧要担心一种称之为"报应"的东西，害怕它降临人间。

感觉动物们对人的诅咒日夜不息，正在暗中汇集，日益围拢和逼近我们。人类在自我完善的道路上能走多久、多长，或者换一个说法，我们还剩下多少时间？

一只小狗作为宠物，谁要踢它一脚，主人都会怒不可遏，因为它已经属于"家庭成员"，通常要受到严格而有效的保护。这种因爱而肩负的使命、一种由时代风尚和生存需要所赋予的权利和责任，好像并没有谁会觉得有什么奇怪。可是那些还没有机会走进家庭，成为其中一员的动物又将怎样？回忆一下我们经历的年代，五六十岁的人都会对那些轰轰烈烈的"杀狗运动"记忆犹新。一个六十多岁的人大概至少要经历三到四次这样的"运动"。在一个城区或者一个村镇，说不定什么时候上边就会颁下一道"杀狗令"。那时候养狗的人比现在少，但仍有许多。这样的时刻他们才是最痛苦的人，怎样的痛？痛不欲生。凡是养狗的人家，孩子大人一定要哭成一团，抱着狗哭。一家人没有任何办法。即使把狗送到远处的亲戚家也不行，因为杀狗令是统一的、大面积执行的。

狗当然看得懂主人的一举一动，这样的时刻它什么都明白。它的目光和主人的目光不敢对视，彼此同样恐惧和绝望，同样仇恨。这样苦难悲惨难忍的时刻，只有世界上最丧心病狂的流氓才会制造出来。问题是那些年代每隔几年就会发生一次，人能做出这样的事，再做出其他什么事情都不必吃惊。其实人们对他们早已不抱任何希望。狗的惨叫、人的哭喊，响成一片，鲜血淋漓，蔓延到整个村镇和城区。时间过去了几十年，那种恐怖既不敢经历也不敢回忆，这当然是一种屠杀，而且只能用上一个词：惨绝人寰。

米兰·昆德拉指出：希特勒早在屠犹的前一年，就在国内不止一个地方下令杀狗。他说，那淋漓的鲜血不过是一年之后的预演。这一点都不夸张。那些徘徊在我们身边的可爱生灵遭到了这样的残害，能够对其施以毒手的，也一定能在同类中间制造最残忍最恐怖的事件。

而在我们的记忆中，每隔三五年就会发生一次。这样一个嗜血的周期性暴发大规模惨烈与疯狂行为的族群，还能奢望安定和幸福？还会拥有自己的未来？绝不可能。无论怎样，都是完全不可能的。

　　现在暂时没听说哪里再发生这样的"运动"了，可是残酷性作为血液流动在一部分人的血管中，他们并没有绝迹。这些人的罪恶仍会污染到同类，会使我们一起犯罪，沾上名义上的共同罪恶并且难以洗刷。在某一个未知的什么角落，也许会有一个记事簿，上边记下人类的一道道恶行，所犯恶行者有一个共同的名字：人。是的，他们对动物所施行的残暴到了挖空心思的地步，完全可以说丧尽天良。比如有一种地方名吃"驴肉火锅"，为了所谓的食材新鲜，竟然把活蹦乱跳的驴拴在一旁，让食客自己一边割肉一边往滚水里放。还有一些出产熊胆的作坊工场，他们取胆汁的过程异常残忍：将熊饲养在铁笼中，它们胸膛上要日夜插一根管子，直通胆部，以便日夜不停地流出胆汁。这些熊痛苦极了，它们求生不能，求死也不能，极度的痛苦使它们紧紧咬住铁棂，一直咬折牙齿。

　　这些案例不可以再说下去，因为太多也太惨烈。让我们立刻打住。

显而易见，我们人类在这片丛林世界里就是胜者和强者，哪怕战争中胜者蹂躏俘虏，也仍然是一种罪行，是对失败者和弱者犯下的不可饶恕的重罪，何况是对动物。我们这里谈论的还不是素食主义的理论，也不是佛家严禁杀生的宗教戒律，而是最朴素最基本的生命伦理。人对动物的杀伤折磨恶虐，已经到了自身后怕和心惊的地步。在现代人的起码知觉与领悟之下，稍有良知，也无法平静安稳地度过自己的夜晚，事实上这样的夜晚已经彻底消逝。人类将在一种集体折磨中结束自己安眠的幸福。弱者没有还手之力，它们只能大睁双眼，盯着漆黑的夜色，等待着什么，然后发出绝望的诅咒。

　　这犹如海潮一般的诅咒我们听不到，也听不懂。动物们在暗处，在自己的角落。这种诅咒一定是有能量的。那些唯物主义者，并不相信这种能量会伤害自己，但起码会在自身的心理结构中产生巨大的损伤作用。像某些偏僻之地仍在进行的巫术，它们或许产生了不可思议的作用：被施咒的人好像中蛊者，日渐枯槁，齿落发衰，最后极为痛苦地死去。

　　是的，无数的生命日夜诅咒，恐惧真的会降临。放眼望去的现实是，现代人越来越多地面对绝症、突发的瘟疫、各类灾殃，这一切没完没了；还有极端惨烈的相互残害、屠杀，总之灾难正以不同的方式呈现出来，让人类自己承受。面对这些，人类从各种源头上寻觅因果，总有忍不住的惊愕，呼天号地不愿接受。这海潮一般的诅咒，人类尽管没有听到，但它是存在的。人类将越来越难以承受，苦难也不会终结。

心灵分裂的后果是可怕的，也是持久的。人类目前的征服力与生存伦理之间的巨大差异，二者之间的严重失衡，最后会让人疯狂。现代社会里依赖精神药物的人已经十分普遍，好像只要活下去，就得依靠麻醉。在网络数字时代，精神疾病可能严重到史无前例。这已经不是人类社会的内部问题，而是由于对外部世界的广泛侵犯、由于自身无法摆脱的罪恶所造成的。事实上人类在潜伏的或显著的因果链条上拴绑了自己的命运，已经不可能拥有更好的结局。焦虑和人格分裂有时表现在一些无辜的个体身上，但他们真的那么无辜？他们或我们正在沉睡的心灵，其实日夜被良知的手所摇撼，如果再也不能苏醒，就会被施以更可怕的方法。我们失去了生存的基础，突破了作为生命的底线，也就没有资格谈论公平和正义。可是我们每天都在侃侃而谈，还谈苏格拉底这样的先哲，谈古怪的什么符号学之类，背诵令人尊敬的德国哲人康德。这些看起来似乎雅致而深邃的精神生活，实际上仍旧是自我欺骗，它并不能将我们从灾难深重的生存中解救出来。

人类对于动物的残害，其实也表现出人类的卑劣和胆怯，是非常卑鄙的。作为食肉动物的人类，正在发明"人造肉"，这可能是真正的新纪元的开始，它或许比什么太空技术、量子理论的应用还重要得多，因为从此有可能使人类摆脱海潮一般的诅咒。

那个喧哗活泼的世界

一个作家在作品中完全可以不写动物，但是一本厚厚的书，很长的篇幅中竟然连一次动物都没有涉及，也让人觉得有点奇怪。许多书中也没有什么植物，里面只有人，除了人还是人，他们的爱情、伟大或渺小、不幸或无耻之类，什么人事官场、腐败堕落、胜利和失败等各种故事。好像除了自己的同类，作者眼中再无其他。我前不久在一间书店里看到了许多写猫的书，都是图文读物，据说它们一律畅销。这些作者又走向了另一个极端，眼里只有猫这种可爱的动物。不过最常见的是不再写动植物，它们好像从这个世界退场了。这种情形非常奇怪，但谁也没觉得有什么，因为生活中本来就没有它们的位置。

我们从古今中外所有杰作中看到的，却是另一番情景。那是一个喧哗活泼的世界，这个世界是跃动的、激越的、沸腾的。我们看《诗经》《楚辞》，可谓蓬蓬勃勃，多少生灵，多少异类的声音与面孔。文学是外部世界的心灵映像，这个世界有多么阔大多么深远，都可以从它的辉映闪烁中呈现。有人认为一个作家杰出与否，就要看他心中是否装有这样一个广大的世界，看他对这个世界普遍而深刻的关切。植物和动物不同，它不能直接交流，没有心灵的窗户即眼睛，与之不能双目对视，呼唤一声也没有反应。但也就是这样沉默的生命，如果一个人能与之发生情感的交流，一定具备更深和更高的生命沟通能力，是非常让人敬佩的。就此我们可以回味屈原在《离骚》中的深情吟哦，他周身披挂的鲜花，他的感激和沉浸。我们常有这样的经历：在一个地方看到一棵特别好的树、一株妍丽的花，都会觉得喜悦；一片茂密的林子，一棵特别大的树，都会让人心里泛起一种特殊的情感。它们不会让我们无动于衷，此刻或激越或讶异或无以表述，总之受到了触动，情绪已被激活起来。

人们经常去风景秀丽的地方旅游，就是为了接触不同的大自然，它会让我们感动和喜悦。其实每个人都有这种渴望，它尽管时常被忙碌的生活所压抑，但仍然还要在心头泛起。这种感动和喜悦不同于日常，特别是不同于人与人之间的那种情感交流活动。它会从特殊的方向激发和触动人的心灵，打破平时的局促和封闭，让视界延伸到尽可能的高处和远处，心中泛起某种崇高的感受。比如在大树和林野面前的那种冲动和欣悦，是日常生活中欠缺的。这种情感非常纯粹，无关乎物利得失，因而是清新向上的，绝不是委顿和颓废的。它是人人都能接受和诠释的一种美好情感，却在现代日常中远离了我们，所以才要专门找时间出门，而且要花一些钱，走很远的路。

我忘不了一个朋友说过的一番话。那时我抱怨自己居住的城区，说这个地方糟透了，连一小片林子都没有，到处暴土扬扬吵吵闹闹。朋友听了半晌不语，后来说："是啊，不过好在一棵树也会让我们感动。"我听得特别清晰，长时间没有说话。我在想他的"一棵树"，因为我的住所窗外就有一棵很大的法桐树，平时站在窗前，一抬头就是这棵树。不过一个人在一个地方住久了，也会忽略近在眼前的景物。我这才意识到，这棵树太大太好了，它正日夜陪伴我，而我却没有什么感谢。它与我一起住在这个嘈杂混乱的地方，不同的是它没有双脚，更没有可能离开。它生机勃勃地扎根在这里，洒下这么大一片绿荫，还遮去了许多扬尘。

是的，人虽然不是一棵树，可是生活中仍然有各种各样的牵扯，并不是想走就走的。有人跺跺脚就可以走开，一会儿南一会儿北，一个念头又要移民海外，这样的人让我既佩服又不解。情感的根、生活的根那么容易被割断，有点不可理解。所以我想，人从一地迁移到另一地总是很难的，这是一场艰难的告别，俗话叫背井离乡。身边的一切，不仅有朋友，还有熟悉的每一条巷子，有出门就遇到的流浪猫流浪狗。窗外这棵枝叶繁茂的大法桐树，我好像经过朋友的提醒才第一次注意到它的美，它是那么英气逼人，简直无与伦比。我一直端详了许久，奇怪的是怎么以前就没有看出这一切？如果不发生其他难以预料的事情，那么它大概要一生待在这里。是的，事实上植物与人和其他动物的不同，即生来就是扎根的，是与一片土地不再分离的。我每天在这棵法国梧桐跟前驻足的时间并不少，我感动过吗？好像没有。但是可以肯定地说，我注视它的时候，许多时候心情是比较清朗的。原来我一直受益于它。

人是有能力跟植物交流的，更不要说动物了。动物有肢体语言，可以与人长时间对视，还能相挨一起，所谓的相互"依偎"。狗能替人取东西，听得懂许多话。这类动物的可爱是无须多说的，它们实在陪伴和安慰了太多的人。有人认为怜爱动物的人更容易多愁善感，是一种女性化的情感，而男子汉满脸胡须，应该是果决勇敢办大事的。看起来这种男人形象足够豪迈，其实也是很概念化的。迟钝冰冷的人未必能办成什么大事，许多时候还会办一些坏事和蠢事。工具化物化的人表现出的勇气往往是最坏的，因为他们没有心灵判断力，只是机械野蛮的执行者，缺少人性的温度，谈不到怜惜也谈不到理性，许多时候只不过是助长苦难的帮凶。社会生活到了某些时刻，比如暴力和蒙昧横行的时候，那种粗野和蛮勇、铁血无情的"男子汉大丈夫"就派上了用场。说白了，这不过是一些没心没肺的可怜虫。真正的大丈夫是有心灵洞悉力的，是胸中蓄有孟子所说的"浩然之气"的人。鲁迅说："无情未必真豪杰，怜子如何不丈夫？"（《答客诮》）可见要做一个饱满的、丰富的、精神健全的人。只有这样的人才可信任和依赖。

国外有一则消息曾让我十分惊讶：一个男子年纪很大了，一直没有结婚，后来看上了一棵杨树，并在朋友的见证下，跟这棵杨树结婚了，仪式后在树下搭了一个帐篷。这真是一个极端的例子。但我们不必怀疑他的感情，也不要将他当成一个精神不正常的人。我曾遇到一个朋友，他常常散步的山道上有一棵红叶李，他觉得它就像一个亭亭玉立的女孩，或一个特别俊朗的男孩。他一看到那棵红叶李就喜欢得不得了，每次都长时间不再挪步，还给它照了好多照片。他与它倚在一起，久久不愿分开。像类似的对植物和动物的情感，一点都不难理解。一个这样的人，心地自然有所不同，他一定是情感丰富，也一定是善良。如果他是一个写作者，文笔一定细致委婉，也一定诚恳动人。

说到写动物的作家与作品，我们会想到杰克·伦敦和他笔下的狗。他最有名的是《荒野的呼唤》，后来又写了《雪虎》。他牵着这两条狗一路走来，不知感动了多少人。只有和狗长相厮守、有着难分难舍的浓烈情感的人才写得出这样的故事。一只名叫雪虎的狗，性格顽强，百战百胜，实际上是一匹被驯养的狼。它忠诚、英俊和勇猛，因生计的需要，被主人用来与其他的狗决斗赌博，从来没有输过。

最后写到它与一只不起眼的斗牛犬的搏斗，精彩的故事抵达高潮。这是一场壮烈的扣人心弦的打斗，场面令人难忘。雄健俊美的雪虎开始不屑与这么小这么丑陋的犬交手，对方一挨近就将它扔开很远。但那只又小又笨的狗总是锲而不舍，再次凑上来一搏。这样往复不已，雪虎被纠缠得精疲力竭，后来一不小心竟然被对方咬住了胸部。雪虎愤怒地抡、甩，可这只斗牛犬只死死不放。经过了长时间的挣脱，雪虎再也没有了力气，而这只斗牛犬却开始发力：一丝丝向它的喉咙挪动牙齿。雪虎就要窒息。生命垂危之时，各自主人都来救援，那只斗牛犬竟然至死不肯松口。

杰克·伦敦写的是雪虎，可是让人想到的是一个英武挺拔的常胜斗士，怎样在特殊境况下被一个身在底层受尽屈辱的人打败。出身贫贱的杰克·伦敦或者在写自己，他爱雪虎，可是也深深理解和钦佩那只丑陋的斗牛犬。文字中所蕴含的那种特别意味，译为中文也仍然浓烈，那种不屈和反抗、难以言表的自尊、底层的力量，让人读来怦然心动。

艾略特是一个了不起的诗人，也是一个刻板的新教徒。他在银行里工作，要处理枯燥的海外金融业务。他在文学上获取极大成功甚至是得了诺贝尔奖之后，在给好朋友的信中却表露出这样的不安：怀疑自己走错了路，没有文学才能，也许不该将这么多时间和精力用在诗歌创作上。这封信有些令人诧异：一个如此杰出的诗人竟然私下里怀疑自己的能力。我们大感不解，觉得这个人傻得可爱。不过到底是我们傻还是诗人傻，还真得好好想一想。他的情形让我们想起了中国古代的庄子，他说过"举世誉之而不加劝，举世非之而不加沮"，意思就是整个世上的人都赞扬我某件事情干得好，自己也不会更加起劲；而整个世上的人都不看好我做的事情，自己也不会灰心丧气。真不得了，太安定太自信了。其实伟大的人都是很"自我"的人，他们不会跟从外部的声音奔来奔去。

艾略特通常被视作刻板的人，但真实的他也很多趣。比如他为了强调自己的清苦和其他，有时出门竟然要在脸上抹一种青绿色的粉末。读他的诗，会感到他饱满的气象，开阔的意境，辽远的神思，以及深藏其中的幽默感。像他这样大气磅礴的诗人，让人想不到的是居然写出了组诗《老负鼠的群猫英雄谱》。负鼠胖笨可爱，有人养为宠物，有点像大土拨鼠的样子，憨憨的。诗人庞德称艾略特为"老负鼠"，艾略特对这个外号也很受用，索性就用它做了笔名。他的这部组诗写了无数的猫，个个有趣，美国百老汇上演了几十年还一票难求的《猫》剧，就是根据这部组诗改编的。有一年我在纽约，闻其盛名，趁下雨天人少才排队买到了一张票。

艾略特说自己喜欢小动物而不喜欢大动物。"老负鼠"这个绰号是他最常用的一个。这是一种有袋动物，比喻他的大智若愚，装傻充愣，遇到危险会装死。这组诗起初是应邀为朋友的孩子写的，后来配上插图出版了。据说他养过很多只猫，每一只都取了有趣的名字。伦敦文人圈子聚会时，相互之间也以动物称之。艾略特和庞德通信时，对方称他"小有袋动物"，他则称庞德为"兔子"。

艾略特对猫的爱与知，在我们许多人看来都达到了称奇的程度。他真是洞察这种动物的能手，把它们表现得细致入微，对其个性神态与心绪都刻画得入木三分。就是这样一个多趣的、诗意盎然的人，却要一天到晚坐在银行地下室的一张桌子前，处理那些外国金融报表。庞德怜惜他，建议他辞去银行的工作专业写诗，还为之搞到了一笔保障日常生活的基金。出人意料的是，艾略特慎重考虑了一番拒绝了。他仍然要坐在那张银行的桌子前，只用业余时间来写诗。艾略特的自我、定力和专注，和我们熟悉的作家们有许多不同。他这个人总让人觉得有一种类似于动物的单纯和质朴。是的，许多有大能、有巨大创造力的人，常常都给人这样的一种感受。

猫想和人玩的时候就来找人，不想玩的时候就在一旁坐着，或休息，或独自思考。它可能是所有动物中最长于思考的一类，究竟思考了一些什么、获得了什么结论，却是我们无法知道的。它不想与人周旋的时候，怎么逗它都不为所动，它的自我、专注和定力，实在超强。养过猫和狗就会发现，狗这辈子是找不到"自我"了，而猫找到了"自我"。它自己的精神天地很宽广，能够根据自己的兴趣做事。它有时候一整天都在沉思。有人会说那是猫在打盹，是浅睡眠，但我们无法得知它此刻的精神远游。

大作家的自我性、根性，真的像猫。第二次世界大战爆发的第二天，艾略特应邀去美国一所著名大学讲古罗马诗人维吉尔。一场改变世界格局的大战发生了，人人内心惶惶，无心再做其他，但艾略特仍然细细地准备这场学术讲座。他到了课堂，坐下之后只说了一句："昨天欧洲发生了一个重大事件。"接着就按预定计划谈维吉尔。整整一个星期的讲座，再无一次提到正在进行的第二次世界大战。这里面有价值观问题，也有人的定力问题，更缘于一个杰出人物的专注和单纯。

艾略特和杰克·伦敦都写动物，也写了很多别的题材。他们不同于现在的许多写作者，常常专心于类型化的写作，比如有的专门写爱情小说和武侠小说，有的只写所谓的儿童小说、科幻小说。这种写作会局限为娱乐和通俗读物的层面。专门写动物的小说家也很难是杰出的，因为脱离了我们都熟悉并身在其中的、正在进行的日常生活本身，失去了自然而然地呈现和表达的机缘与环境，就会变得单薄浅近。无论动物还是植物，它们就在日常生活中，并没有独立于这个世界，而是处于一种共生共存的结构关系中，离开了这些，就只能变成一座孤岛。我们常常强调文学中的神性和宗教情怀，也并不意味着专门去写佛教和基督教等，这也容易变成类型化写作。

同样的道理，追求作品的独特与离奇，通常是通俗化的一种方法。专门化和类型化是对生活和生命普遍性的一种抽离，因而是狭窄和表面的。文学应该是日常性和生活化的，是逼真的"平凡"，而非专门的某个角落。人性中所固有的对于思想、对于完美、对于诗性的向往，以及生命在日常生活中所表现出来的各种可能性，是这一切的呈现。文学表现个体和客观世界的关系，人性的故事持续地发生着，并在与世界的对应中演变出千变万化的面貌。

杰克·伦敦写出了不朽的《荒野的呼唤》，那条狗是绝对的主角之一，但并没有让人觉得它是从生活中抽离出来的，而是自然而然地出现在当时的社会环境中。作家对生活的敏感性、他所具有的天才放射出的光芒，能够照彻四周的一切。这样的作家集中笔墨写动物，寥寥数笔也自有神采。比如卡夫卡写《一条狗的研究》，把自己想象成了一条狗。索尔·贝娄在他的代表作《洪堡的礼物》中，写到洪堡和妻子在草地上打羽毛球，几只猫在一边练习捕鼠的场景，随手几笔就活画出来，让人觉得再熟悉不过，而且交织在全部的生命关系中，意味饱满无尽。

　　屠格涅夫的《猎人笔记》是写动物的杰作，里面最多见的就是那些可爱的狗。苏东坡谪居海南时养了一条叫"乌嘴"的大黑狗，它陪伴诗人度过了最后一段孤寂的日子，还在诗人得赦时一起北归。关于"乌嘴"苏东坡有一首诗，写得生动无比，从此就有了一个不朽的生灵。作家表达的能力，他捕捉意境和进入情境的深度和潜力，许多时候会表现在对动物的描述、对作为"他者"的一份特异的情感。这种生命联结是不可取代的，这种从另一种生命身上寻觅和寄托的特征与方式，是非常奇妙的。在所有杰出的诗人和作家身上，我们都能够看到这种情感的延长。这是激情的溢出，还是普遍具有的多情多趣、对世界和心灵的特殊求证方式，还需要探究。

我们发现，凡杰出的作家几乎都能与动物心心相印，并一生保持这种好奇心与亲切度。他与它们往往"不隔"，很容易就打通联系的渠道。所以这不是写不写的问题，而实在是体现在对整个世界的情感深度，更有情怀志趣、好奇心和关怀力，有爱和柔情。这是生命的某种属性，像审美力一样不可以学习，而是天生如此的。如果仅仅看成不同的性格，如喜欢和不喜欢动物之类，那就太简单也太机械了。事实上远没有这样简单。作家汪曾祺有一篇散文，写他在农场里看到一个赶车人，这人正向马举起鞭子，却突然把鞭子扔掉了，指着马说："它笑了！"马在一瞬间的"笑"被最熟悉它的赶车人捕捉到了，逼真而绝妙，想一想可能再自然不过。

《卡拉马佐夫兄弟》中写了一个乖戾的、反常的父亲，其阴暗与偏执令人震惊。大概陀思妥耶夫斯基想起了自己的父亲，说不上是厌恶和好奇哪样更多。小说中的父亲在很大年纪时爱上了一个女孩，他在一个大信封里装了一叠卢布，打上三个火漆印，以丝带捆好，上面写着："如愿亲来，当以此献与我的天使格鲁申卡。"过了几天又解开这个信封，再添一行字："献与我的小鸡。"老人的荒唐可爱，更有卑劣，都表达得淋漓尽致。他心中的那个女孩非得是一只"小鸡"而不能形容，毛茸茸的，弱小可怜。进入不伦之恋的贪婪的老人，这一笔就活画出来，而不止于精彩了。这里如果离开了这只小动物，也许就没有更好的表达了。

讲动物实际上在讲人性。这当然是文学的核心内容。有人将作家关于动物的描述只看成童话，视作儿童读物。如果这里仅仅指我们所看到的那些"童话"，似乎也对；不过这种理解大致还是狭窄了一些。要知道这应该是作家普遍而重要的能力，因为我们很难看到一个与动物交流困难、对这种交流表现迟钝的人会是一个好作家。人的心灵一旦干枯，就会对动物这种"他者"显出十足的麻木。他只能萎缩回同类群体之中，因为这关系到最为眼前的物质利益，是所谓的"现实生活"。这种异化的生命，其实也一定是无益于同类。

《诗经·豳风·鸱鸮》是一首杰作，写的是一只母鸟："予羽谯谯，予尾翛翛，予室翘翘。风雨所漂摇，予维音哓哓！"描摹出丧爱雏、巢穴又遭破坏的至悲。汉代乐府诗《枯鱼过河泣》："枯鱼过河泣，何时悔复及。作书与鲂鲂，相教慎出入。"多么凄怆。白居易的《禁中闻蛩》写蟋蟀。骆宾王七岁吟出"鹅鹅鹅，曲项向天歌"，而后还写过《在狱咏蝉》："那堪玄鬓影，来对白头吟。露重飞难进，风多响易沉。"庄子笔下"出游从容"的鲦鱼、妄自尊大的"井底之蛙"、生命垂危的"涸辙之鲋"，柳宗元的《黔之驴》《临江之麋》《永某氏之鼠》，都脍炙人口、令人难忘。李白写大鹏，李商隐写蚕，杜甫、李贺、辛弃疾写马，皮日休写螃蟹，以及古代诗词中反复出现的大雁、鹦鹉、鹧鸪、白鹭、黄鹂、杜鹃、燕子、蜻蜓、流萤、乌鸦等，实在不胜枚举。杜甫草堂时期的诗歌里有那么多动植物，大如虎、熊、象、豹，小如蜻蜓、鹤、萤火虫、雁、鸡、鸭、鹅等。最著名的句子有"两个黄鹂鸣翠柳，一行白鹭上青天"。就是这个忧国忧民的诗人，却对身边的动物投射出如此温柔的目光。

　　我们不能简单地把写动物当成一种专长和癖好，也不能当成是特意为儿童专修的功课，而应该是作家诗人必备的一种基本能力。

踞于人的左右

动物当中离我们最近的，除了用来役使的驴马牛羊一类，大概就是猫和狗了。日本人和俄罗斯人偏爱养猫，土耳其的猫好像更多，被称为"猫之国"。有一次我在土耳其开会，正和一位穿蓝衣服的小姐在台上对话，突然一只大猫登台，尾巴拨弄得麦克风噗噗响。我作为客人不能驱赶那只猫，而主人似乎很高兴。整个会场至少有五六只猫蹿来蹿去，大家觉得这是一次成功的会议，这成功好像也包括了猫的参与。拍照的时候，中间那个座位是主人的，他正在招呼大家坐下，有一只大猫就跳到了他的位子上，神气地环顾四方。

猫和狗都是经典动物。这个"经典性"不仅是因为它们被人类驯养、和人类相处的时间最长，已早早地进入我们的生活，更在于它们的确有特异的性格、功能与智慧，有一系列难得的品性和特征。猫和狗不是一般的动物，甚至可以认为它们是神灵最具深意的一种安排，用来安慰和帮助人类：一个踞于左，一个踞于右。狗在右边，代表勇敢和忠诚；猫在左边，代表温柔和独立。它们真的是神奇的代表。在生活中，有许多事情如果让它们出面，即可以解决或测试一些复杂的问题，比如人对万物的仁慈、对他者的关心、对完全不同于自己的其他生命即"异类"的容忍度。关于它们的故事太多了，而且还将继续下去。它们的故事真的没有终了，它们跟我们的关系从开始到现在，直到未来，还要发展下去。它们对我们不离不弃。

而今野生动物越来越少，从数量到种类都在急剧减少，于是家养宠物就被越加珍视。现在的孩子要认识马和牛之类，需要跑很远的路，所以他们通常最方便见到的动物就是猫和狗。它们于是也就肩负了神秘而特殊的使命，代表了生命中全部"异类"的问候和探望。这千万不要视为理所当然，也不要理解为千万年驯化的结果。事实上有些生命无论怎么驯化，也都是无济于事的。

苏联有一个作家叫阿斯塔菲耶夫，他最有代表性的作品是长篇小说《鱼王》。《鱼王》第一篇叫《鲍耶》，这是一条狗的名字。这本书和杰克·伦敦的作品比较，可以说写出了另一种好，并同样令人感动不已：读了以后感受到的是人的力量和伟大，而不仅是狗的聪慧、有趣和懂事，不是它们在严酷的西伯利亚的不可或缺。我们会在无比同情和喜爱鲍耶的同时，感受我们人类之所以可以称为"万物的灵长"，即在于洞察力、包容心、认真和顽强，更有对万物的巨大悲悯。他们在生活里采取的行动准确而迅速，做出的若干决定，包括在危急关头处理人和动物的关系、与动物的互动，让人产生出无比的美感。《鲍耶》之美无法复述，只能通过阅读，去逐字逐句地细心体味。

有人跟我讲了他亲身经历的一件事。有一天他路过一条石砌水渠，正赶上发大水，水流很急，一只落水的小奶猫攀着陡陡的石壁往上爬，浑身颤抖，小爪子一点一点抓住石头往上攀，可是几次都失败了。他因为急着赶路，虽然犹豫了一下，最终还是没有停下来搭救小猫。这件事过去了很多年，他的脑子里总是出现这只小猫奋力求生的镜头，让他无法安生。不知道这种追悔会纠缠到什么时候、折磨到什么时候。没有人能安慰他。

有人养了一条狗，它最愿意和鸡玩，鸡受到惊吓就影响下蛋，所以主人就把狗关进一个铁笼子里，等鸡入窝后才把它放出来。狗失去了自由，也思念主人，每时每刻都在想法逃脱。这条机灵的狗竟然无法关得住，它总能挣脱：或者从下边挖洞，或者破坏丝网。实在没有办法，主人就将铁笼特别加固一番，并浇筑了水泥板。作为惩罚，改为整天囚禁。狗无法逃出，在笼子里日夜哭叫，直到没有声音。主人察觉后去看了，这才发现笼子上沾了许多血，原来它在长夜里把笼子咬出一个洞，挣脱了。但这次它不像过去一样来找主人，而是逃走了。它那么爱主人，以前为了见到主人才挣脱笼子，出来后第一件事就是跑到主人跟前。这一次它绝望了，真的走开了。主人流出了泪水，说自己一辈子对不起它。

　　一些受到伤害的猫和狗的故事我们听得太多了，都是揪心的回忆。

　　猫为了寻找主人，能够历尽艰辛千里跋涉。狗为救人可以从十几层的楼上一跃而下。人们太熟悉猫的缱绻和狗的勇敢，曾经用最美好的语言来歌颂它们，也用最刻薄的语言去诅咒它们。其实人的残忍才是难以想象的。人对于同类的残忍，也常常从对动物的残忍复制过来。人性的美与丑，在两个方面所抵达的深度都是不可想象的。比如一个刚发生不久的例子：一个男子与女友住在别墅里，竟然把家中养了多年的一条小狗烹食了。如此残忍的故事有点像编造，可惜它是真的。另有一个下岗女工，家里很穷，却把仅有的一点钱拿去买了猫粮，喂养流浪猫。她救治了太多的伤病猫。这个人头发花白，面容端庄，那种善良的美由里而外泛出，令人敬重。也就在这位下岗女工天天救治流浪猫的山路上，有人竟然用钓鱼钩钓猫，做成烤串卖。残暴紧挨善良，二者并存，感动和绝望也并存。

一位诗人写了一首屠狗的诗：狗在一旁浑然不觉地游戏时，正好来了食客，主人按住它抹了一刀。狗的脖子像戴了一条红巾，它往主人怀里躲避，等待它的却是另一刀。这首诗太过冷静，我不敢看。

人与动物的依恋体现了人性之美，还有生存的理性。女作家丁玲复出后访美，写了一篇散文，关于美国的一位女作家：她一个人生活，年纪很大了，陪伴她的是一只猫。问为什么不养狗？对方语焉不详，大致说因为贫穷。这令人不解，因为经验中这样的选择与穷富无关。可能她更喜欢猫，也可能因为猫更适合室内生活。猫温柔而自尊，狗忠诚而英勇。总而言之它们踞于人的左右，其作用是不同的。这二者的品性相加，可以集中许多生命的美德，甚至也包括了外观的美。有一个朋友家里养了一只俊猫，主人常常惊喜无限地端详着它，然后发出一阵感叹："你啊，你怎么可以长这么俊？"她被这只生灵的美惊住了，以至于陷入了深深的不解。

动物给予我们的，永远大于我们给它的。我的老师得了较重的病，闷闷不乐，后来听从大夫的建议养了一只猫，从此竟多了许多欣快。也许就因为猫的陪伴，他到现在还很健康。他要照顾它的日常生活，付出时间和精力；但它给予他的是心灵的慰藉。的确，它们可以改变人的心情，让生命变得柔软。这柔软对于自己和他人，对于整个世界，都是最为宝贵的元素。

从最大的自由书说起

文学理论家刘再复先生说："《西游记》是最大的自由书。"说得好。自由是对自主和自尊的不断向往与追求，也是最后的结果。自由意味着平等，更意味着对压迫者的挑战和反抗。《西游记》这本"自由书"，痛快淋漓地大写特写了动物的主体精神。

仔细想一想，《西游记》中人的数量远少于妖精的数量，实际上主要写动物，表达了对动物的温情与善意，也包括它们与人的关系的更深入的思考。"妖怪"大多数时候并不令人厌恶，它们大致上是动物，有多能和好奇的本性，常常游戏起来，恶作剧的本事很大。它们总想戏弄玄奘法师，而这个人是大唐皇帝派出的高僧、肩负神圣的取经使命的人。它们想把他吃掉以求长生不老，但又每每落空。其实作者压根不打谱这么干，游戏精神就此焕发出来。所谓的"妖怪"大多是动物成精，非常可爱。这部"大自由书"的源头，就来自动物的天真和烂漫。

英国的吉米·哈利是知名的作家，他以叙说自己一生作为兽医的经历、描述各种动物的故事而闻名。《万物既伟大又渺小》《万物有灵且美》，都是非常杰出的作品。一个乡村兽医当然要经常跟动物打交道，对它们极其熟悉，并与之产生了很深的情感。书中优雅地描写着人和牛马猪狗等家畜相依共处的乡村日常，让人读来着迷，不得不发出感叹。这是一个真正的人，一个由人类派出的最体面、最高尚、最有希望的代表。由他来进入并问候动物世界，我们作为人实在有一种自豪感和幸福感。

动物的一些遭遇常常让铁石心肠也潸然泪下。在很久很久之后的某一天，或许会有熔化铁石的机会。福克纳有一个名篇叫《他的名字是彼得》，写一条死于车祸的狗；另一名篇《熊》，写了大熊老班和一条无所畏惧的小狗，以及俊美的马。福克纳的心灵之柔软和善，大家尽可领略体味。怀特写出了著名的童话《夏洛的网》《精灵鼠小弟》《吹小号的天鹅》；安徒生塑造了美人鱼和丑小鸭；毕翠克丝·波特塑造了彼得兔。西班牙诗人希梅内斯写了《小银和我》，为一头叫小银的驴子写了一百多首散文诗。这头毛茸茸的小驴陪伴诗人走过大街小巷，走过田野、教堂、村落，成为他最好的朋友。这些杰作之迷人，不仅是因为写了动物，而是通过这些描述所体现的人性之美。在某种程度上，它们代表了人类最崇高和最伟大的情感。它们作为文学的核心主题和内容之一，最能够体现仁慈与柔美的动人力量。

英国桂冠诗人特德·休斯的许多诗歌都写了动物，像《思想的狐狸》《雨中的鹰》《云雀》等。这些动物形象保持了原始天然的野性，比如"鹰"：强悍、凶狠、残忍、霸道、阳刚，俨然一个控制世界的暴君。这从另一个方面提醒我们，人不要仅仅按照自己的伦理来理解动物。

讨 论：

总体文明程度 / 对人性的抽样检查和鉴定

任何族群对动物和植物的态度、处理的方法，一定
反映出他们的总体文明程度。我们不能轻易地用多愁善
感、书生意气、纸上文章这些说辞，来概括人与动物的
情感。这是无知和麻木、文明素质更低的旁观者才有的
话语。如果人与动物的关系十分冷酷，也很容易转化为
惨烈的人与人的关系，因为是同理同源。只要常常惨烈
地对待植物和动物的族群，他们相互之间表现出的残酷
一定也是相似的。

如果一个人是一个物欲主义者、机会主义者，也就
很难理解人与动物正常和美好的情感关系。他们一生追
逐和寻找的主要是物质利益，而人与万物最美好的那份
情感关系，经常有碍于现实中的投机和物欲的实现。这
一类人会指责和嘲笑他人谈论动物和植物，只当成多余
的趣味去对待。这种理解是浅近而愚蠢的。这不单是

"诗意"和"文学"的问题，而要从日常生活的、人性的逻辑上去理解和剖析。

爱护自然、爱护动物，对动物保护有严格立法的地方，几乎无一例外，生活总是相对幸福的、安逸的、宽松的。人类生活的幸福指标当然不仅是金钱和物质，还有精神层面，精神的缺失和被伤害被侵犯，再多的物质财富都弥补不了。当一个人温饱都解决不了的时候，大概较少谈论动植物保护的问题；但也正是这样的时刻，动植物给予人的安慰有可能是更加深刻的。

在那些贫穷的、生活条件十分严酷的地方，比如沙漠之地，也仍然会有人与动物相处的感人故事。这并不是什么闲情逸致，而是生命之爱。当我们在一个葱郁的地方生活，觉得那么幸福，这幸福有一部分就来自植物无私无言的帮助。小鸟跟着我们走，在离人不到一米远的地方也并不逃去，抬头看着我们；打开窗户就是鸟的喧哗，连野猪都跑到跟前，瞪着红濡濡的眼睛看着我们，我们也不觉得它凶恶。鸟和野猪不怕我们，这是需要很久才能养成的一种信赖关系。动物的习惯和记忆能够遗传后代。在动物的血液里，需要融进仁善与和谐的记忆。人见了面先跟狗打招呼，狗主人就高兴了。生活如此安逸和温暖，人生又该如何？这其实是很简单的道理。

我们讨论动物，实际上是在讨论人和人之间的规则和规律，谈生命的属性。文学就是书写生命，就是表达人性在各种各样的环境下会怎样成长和演变。好的文学，总是让人类经验得到延伸、得到补充。文学的价值也在这里。我们讲动物，更是对生命、对人的社会性、对人性的一次次抽样检查和鉴定。

《你的树》的年代 / 语言和情感

我写《融入野地》的时候是三十岁左右，时间过了这么久，对一些事物的看法毫无变化是不可能的。《你的树》的演讲在威海，那时候二十多岁，好像是一次动情的演讲。那次说到了人在一个晚上，沉浸在夜色里，独自在树林里游走，在自然浑然苍茫中的感觉。现在可能说到这些就冷静多了，但对于人与自然万物的相处，想得会更多。那时候那么单纯和诗意化，但基本的看法今天也没有改变。人和其他生命的关系，应该有那样的一种依存关系，这才是健康的。

　　人类在生活中，不得不处理各种各样的现实矛盾，不得不跟那些不可摆脱的苦难、不可逾越的人生难题，宿命般地纠缠一起。实际上它是一个整体问题，是生来就要如此的。人类在与大自然的共处中肯定惹出了大麻烦。人类处在一个不断进化、认识、探索，艰难地完成自己的过程中。一个写作者会沿着这个路径，作为个体往前发展，也会有一些调整和变化。

　　有人说生命情感如果充沛和强烈，会使语言表达变得粗疏。这是怎么回事？我觉得恰恰相反，感情淡薄才会造成语言的草率和粗劣。人对万事万物的细腻和深入的情感，是言说的内在动力，是语言艺术的生命力。

　　如果说这里的"粗疏"不是一种风格，而直接就是指"粗糙"，那么网络时代的语言真是一个大问题。语言粗糙，其他大概也就谈不上了，情感也会很粗糙。

惊心动魄的精神叙事 / 古典主义

很有意思，今天无论一部文学作品写得怎样"强烈"，在有人看来还是"平淡"。他们希望字里行间不断地出现谋杀和其他一些奇闻，不断出现社会和物质层面的"大事件"。这是当代阅读出了毛病。某些写作已经丧失了精神叙事的能力，在阅读群体的接受上也同样如此。精神需求淡薄，对物质却极为重视。

比如有些作品写得惊心动魄，作者自己都难以承受这种巨大的精神撞击，涉及令人无法忍受、只要活着就没法苟且没法回避的一些致命问题，可是有人读后还是觉得大不过瘾：最后什么都没有发生，没有爆炸、暗杀，也没有绑架，没有大企业的倒闭破产，没有血肉横飞的械斗。他们认为人的尊严，最敏感的心灵苦难，心灵重创，爱与背叛，这统统不算问题。

大概他们看低俗的文字太多了，总想得到更大的刺激。起码需要出现一个通俗作品中的"大侠"，不费吹灰之力就能灭掉一群武士、引起核爆那样的本事才好，这就真的"发生"了"什么"。他们不知道，真正的杰作无论写到多少物质层面的冲突，最后仍然要回到精神的层面，要触动纤细而敏感的心灵。离开了心灵，胡编乱造出的所谓"强烈"是很容易的。但这些所谓的过瘾的内容通常都是写给低俗读者的，不会提供给有教养的读者。

英国的通俗小说家格林，他的了不起之处是给悬念小说里捏进了两撮火药：宗教和爱情。是那种信仰的力量，是那种真挚的、铭心刻骨的爱，这就超越了通俗小说。人和人是不一样的，有的人有着无法消除的精神洁癖，对心上的变故和创伤终生记忆。作家写到这些层面的问题，才算得上"大事件"，才不会平淡。

作家丧失对时代精神的把握力，缺失了心灵的敏感，只好求助于"盖世武功"，什么黑社会、官场阴谋之类全来了，破产、火并，爆炸之声不绝于耳，刀子上鲜血淋漓。这都是廉价之物。美国总统里根说过一句话令人印象深刻，他说："我每年最少要读两遍《复活》。"这部大书的忏悔、罪感，对自我的审判和不能饶恕，能够如此吸引一个读者，那就需要具备相应的真实和诚恳，有一种自我追究的人生态度。《复活》的负罪感、灵魂救赎，主人公最后跟随流放的故事，现在的一些人看了不仅不会感动，还会认为矫情、不可信：一个大富翁大贵族，能为年轻时的一次艳遇而将自己置于如此可怕的境地？

托尔斯泰的伟大之处，就在于书写这种罪感的真实。人与人的精神和灵魂的世界是大不相同的。在阅读中寻找伟大的、关于生命和灵魂的故事，这才是真正的大阅读。可惜，当代文学已经鲜有能力处理古典主义的那种撼动人心的道德力量。那是一种绝对强大的感动力，而不是沉迷于现代主义的诡谲和审丑快感之中。现代主义使我们沉迷，古典主义让我们震撼。当我们感叹索尔·贝娄、米兰·昆德拉、马尔克斯这些超绝之才时，再回头看托尔斯泰和陀思妥耶夫斯基，需要努力忍住什么，那是一种久违了的灵魂的震颤。这是高人一等的文学。无论多么绝妙的现代主义，遇上《卡拉马佐夫兄弟》《复活》式的文字，都会觉得比它矮了一截。不是现代主义作家无能，而是空气与食物已经变馊，他们无法强健如初。

三十多岁的时候我被一位法国朋友告知：卡夫卡是伟大的。我长时间不愿附和，但也无法否认。现代主义作家确实了不起，深刻绝妙，更有不可替代的时代的诗与思，让人觉得不可企及。但是"伟大"作为一件定制的服装，好像是专门为古典主义大师们准备的。我心里这样想，并没有对那位法国朋友说。我说不清楚。

爱是一种强大的力量 / 人格的分裂

对动物的善行与恶行背后，说明的事物并非那么简单。一件善行表明了一个人正沿着善的方向往前，这大致是统一的方向。社会状态与人的状态一样，一切都不是孤立存在的。我们会在一个族群对动物的行为和态度上，看出他们的品质、他们的未来。

善良与残忍同样多得不得了。每个时代有每个时代的残忍，每个时代有每个时代的美善，所以我们一定要努力地去爱，去寻找，去理解，而不要仅仅对人性失望，不要仅仅是对人的诅咒。爱是一种强大的力量，尽管它有时候战胜不了恶。爱在某些时候会异常强大。

今天的一个严重问题是：人的生存理性，在许多时候需要探索和把握，因为普遍存在着人格的分裂和矛盾。人类文明要走向完美，很多问题亟待解决，比如摆在眼前一盘羊肉，吃还是不吃？有一个人特别嗜吃羊肉，到"东来顺"的时候要自带胡椒粉，可他最爱的动物就是羊。这不是虚伪，而是一种宿命：人格分裂。人类终有一天会大胆地接受这种挑战。

真正的佛教徒是不打蚊子和苍蝇的，但大多数信众仍然要打。这是一个现实问题。严格来讲蚊子也是生命，也有血液循环系统，也是一个不可再造的生命。但是人类连近在身边的动物都处理不好，如何奢谈其他。一只美丽的小羊，刚生下两三天的时候，洁白洁白，会故意踩一下人的脚，再抬头看人的反应。人看到这样的小动物，心中生出的爱怜一点都不虚伪，那种感受多少年都不会忘记。但是吃羊肉的时候也很投入。这是可怕的人格分裂，不是个体而是群体的问题，只有在时间里解决。可是人类还拥有那么多的时间吗？

并非出于迷信，即便以最朴素的心理去猜度，那么多的生命，日夜在角落里、在暗处诅咒人类，人类还会有好日子吗？我们会得病，会遭难，会在各种苦难中挣扎。从数量的庞大到种类的繁多，动物是比人类多出无数倍的生命，它们一起来诅咒我们，我们当然不会好的。

这样的思维贯彻在我们的生活中，必会促进我们的人文精神，促进人的道德，促进我们对于生活的敏感，促进真正意义上的美善。善良不是一句空话。

有研究证明植物也是有感觉的，甚至有一个绝妙的试验：水也会因为人对它的态度而呈现美或丑的结构形态。万物有灵，神秘不解，万千生命都是如此，我们人类怎么能不慎之又慎？世界真是复杂，生活不是两难，而是多难。但是不能因为多难就放弃了思考，放弃了其中的诸多伦理。我们谈文学，而文学不是一个专业，它是关于生命的自然表达。研究文学就无法回避人格的分裂，以及人类的未来。

文学的提醒 / 疼爱动物与贫富无关

文学就是不停地提醒人去面对复杂的伦理问题、道德问题。文学把一些彻底无解的、近似绝望的一些命题，生动具体地推到每个人的面前。起不到这样的作用，文学就是低一等的，就会变为简单的娱乐手段。文学调动一切，把那些尖锐到不可回避的，而且看不到任何希望的东西推到人的面前，把人唤醒。

　　以存在主义的观点，人生来是没有意义的，没有一个设定好的意义，它需要自己确立和寻找，这才产生了自由。从存在主义的角度去讲文学，它是伟大的。它引人进入自由的通道，去进行选择。可以选择沮丧，可以选择欢乐，选择向上和选择向下，因为人是自由的。有了这种自由，面临着非常沉重的问题时，要问自己该如何选择。

　　人在生活中面临很多不可解决的矛盾、尴尬，还有艰困。人格的分裂和内在的困苦不可解脱，各种状况都会出现。一群人在为生活挣扎的时候，顾不得去考虑其他；有一些人会疼爱宠物，却与贫富无关。古语云"仓廪实而知礼节"，物质不成问题之后，我们更有余力去思考一些物质层面以外的问题。当我们被物质严重拖累和纠缠的时候，可能无暇顾及更多精神层面的东西；可是我们不能等待富裕之后才变得善良，因为人群的道德状况从来不能这样判断。一个人生活得非常艰难，也完全可能对动物很好。人性是复杂的，人的差异是很大的，道德水准的差异更是鲜明到让人来不及惊讶。人和人之间的敏感度、人的柔软和生硬，差异巨大。

在外部环境发生剧烈变化的时候，人性扭转和改变的幅度与速度，在人和人之间也大为不同，这是一种常常被忽略的情况。我们往往在同一种物质环境和客观环境里边比较人性，而缺少机会观察在客观环境、物质环境发生变化的时候，人性究竟发生了怎样的扭转和改变。

本文为作者于 2019 年 10 月在华东科技大学的授课录：《文学的八个关键词》之二

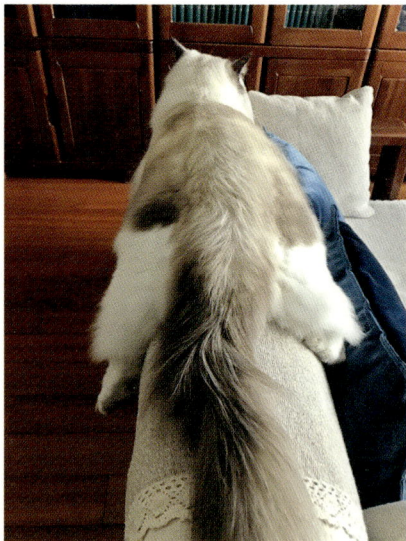